如果城市也有靈魂

Tales of San Francisco

韓良露

著

preface

自序

這些老靈魂都很青春

人和城市是有一定緣分的。有的緣分來得早，有的遲；在人生對的時刻，遇到對的城市，就跟愛上一個人要在對的時刻一樣重要。

我和舊金山的緣分就來得很對；從二十多歲到三十多歲，舊金山剛好出現在我抓住最後青春尾巴的時候。當時的我，還有大量的時間揮霍，勇於隨時和陌生人聊天、鬼混；生命的本質仍像個海綿一般柔軟，很容易浸入外在的生活中，也仍然喜於追求新奇、怪異的人生經驗。

於是，這樣的我，在舊金山開始個人的旅行。深夜一點多，也敢從蘇馬區(SoMa)荒涼的灰狗巴士站離開，慢慢走向位於田德隆區(Tenderloin)的小旅館，完全不考慮危不危險之類的事。因為大膽所帶來的心靈開放系統，也使得舊金山回報給我全世界最精彩的人性磁場體驗。我在舊金山遇到的怪人何其多，這些人想必和我有著宿世老靈魂的牽扯；透過與他們對話，我進入了舊金山這個城市的靈魂之中。

我一生長居、短居的城市中，和舊金山人的緣分最為特別。在這個城市，人的故事會自動找上我。不像倫敦、巴黎、京都或紐約，我和這些城市是建立在自我與城市本身的關係上。但在舊金山，我常覺得自己很「無我」，彷彿變成了靈媒；不是我在述說我對城市的感受，而是舊金山憑藉著我，說出了一些屬於這個城市的心事。

本書六年前曾以「舊金山私密記憶」之名出版。在我所出版的書籍當中，本書明顯受到不少年輕、大學生年紀的讀者歡迎。我有時會在馬路上遇見一些年輕人，說他們很喜歡我的一本書，好幾次都提到我的舊金山故事。

如今回顧本書的內容，真覺得幸好當初寫下了這一切，今日的我恐怕是寫不出類似的東西的。我突然發現，自己已經不再年

preface

輕，而舊金山這一切是我比較年輕的靈魂告白。

今日的我，也許寫京都或巴黎較為合適了。還好我在對的時候去了舊金山，遇到一些對的人，又在還對的時候，寫下了我的記憶。

人生匆匆而過，風景一直在變化。我有些老了，但舊金山卻永遠不老。舊金山遊盪著許多老靈魂，可是奇怪的是，這些老靈魂都很青春、很純真、很嬉皮。

如果你也有一顆年輕的心，我相信你會喜歡本書迷幻多姿的故事與人情的。

contents

輯二 城市發光

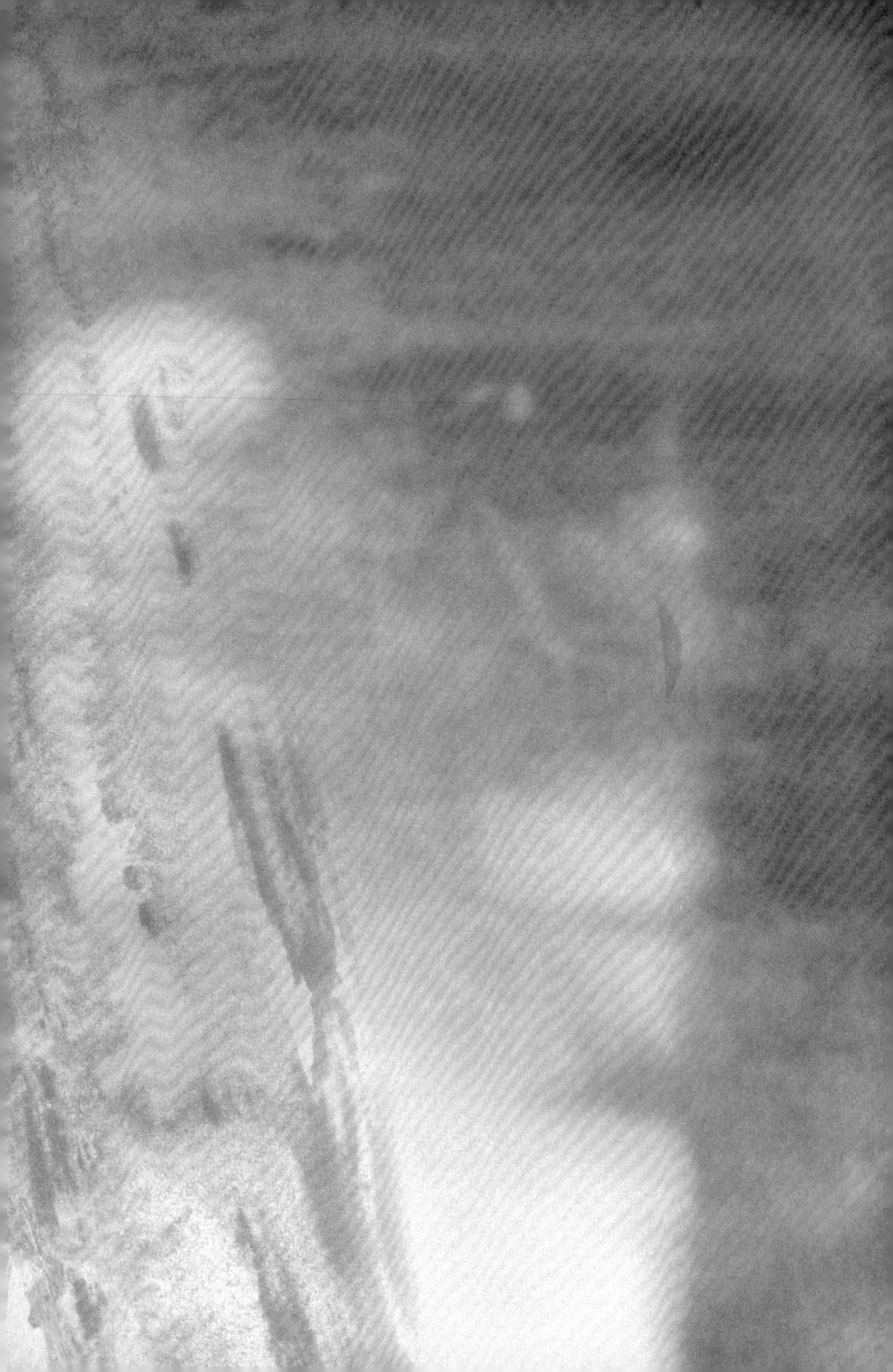

輯一

往迷霧裡去

但他給了我自畫像

從租來的公寓，走到邊界（Borders）書店，總是要經過畫廊街（Sutter St.）。從一九九〇年代開始，舊金山似乎慢慢地要取代紐約成為美國現代畫廊的動力中心。「蘇馬區」（SoMa），等於紐約的蘇荷區；當畫作上了畫廊街的櫥窗，就是畫家功成名就（也常常是創作力死亡）的時候。我每天經過畫廊街，通常是不太看畫的，因為大多數的畫對我而言，都沒什麼生命力。

然而傑夫的畫卻與眾不同。

那是個清晨，我經過畫廊街，舊金山藝術學院的畫廊正在換新畫；兩個學生模樣的畫家，在櫥窗內架上了下個畫展的展示畫。我正散步走過，手上還捧著熱呼呼的清晨第一杯Café Latte。傑夫的畫吸引我停下腳步；櫥窗中是一幅中年人的肖像畫，畫中的人看起來非常疲倦、哀傷、沉重。

這個美麗的舊金山清晨，霧剛剛消散，看得出當天會有個晴朗的藍天；空氣涼涼的，街上來往的人們，心情似乎都因為好天氣而輕鬆起來。注視著這樣的畫，讓我一下子心情低落下來，生命當中那些黑暗的角落突然又出現了。我變得很悲傷，沒有名由的，就是悲傷。但奇怪的是，我的目光一直離不開這幅畫，畫中的人像魔咒一樣攫住了我，而慢慢地，在內心深處的悲傷中，我開始感受到一種因理解痛苦而產生的清明之感。

那一陣子，每次經過這幅人像畫時，我總是會停下來，呆呆地在窗外看一陣子。我一直沒想到進去看其他的畫，反正來去匆匆，看幾眼畫，對我而言就像心靈接上插頭灌一下電一樣。直到展覽結束的那一個下午，我經過畫廊時，看到展覽期就要過了，突然內心有了真正的衝動。我推開門進入畫廊，裡面一個參觀的人都沒有，只有看管場地的人。我看著四面牆上的畫，大約有三十多幅，旋即像置身在一個大磁場中，這些畫都充滿了生命力，它們給我的感動，並不亞於我在阿姆斯特丹看的梵谷全展，也不亞於在西班牙托雷多（Toledo）看格雷哥（El Greco）的畫。這樣的比較，也許會引起許多人的不服，因為後兩者都是鼎鼎有名的「大畫家」，但是任何真心相信藝術而不是「藝術身價」的人都會了解，有時藝術帶來的感動，是沒有辦法以知名度或身價來衡量的。更何況梵谷在世時，也曾經籍籍無名，也曾經賣不出畫作。

即使我知道身為過客，要帶真跡油畫回家是多麼麻煩的事，當下我還是決定買下兩幅；一幅是一直掛在櫥窗裡的人像畫，一幅是我常常散步的北灘（North Beach）義大利區風景畫。在付完訂金，約定隔天取畫的同時，我得知我竟然是這次畫展唯一買畫的人。

第二天上午，我去拿畫時，第一次見到傑夫。他才二十七歲，畢業於舊金山藝術學院，畢業時得過學校的畢業大獎；資料上說，有一些當地的畫評家相當看好他，但是他的畫不是市場主流。一九九〇年代初期的繪畫消費主流是裝飾性及愉悅，最好是像韋伯的音樂劇一樣，有一點點文化當調味就好了，重點是通俗易懂。人們不想要在沉重的經濟壓力下，還去買一幅表達生命沉重的畫作。

傑夫當然不能靠賣畫養活自己，他白天在建築工地做營造工人，晚上則做畫，一天總要畫幾個小時；這種對藝術的熱情，基本上像是命運的詛咒，詛咒上了身，就逃不掉。他告訴我，我特別喜歡的那幅人像畫是他的同事，也是個建築工人，那也是他自己最得意的畫作之一。傑夫來自印地安那州，有著中西部的金髮，他的姓「Jacob」怪怪的，有很濃的東歐猶太味。在我的探聽下，果然他祖父母的本家是捷克。我告訴他，我曾經去過布拉格和波希米亞一帶。他說他沒去過。我說我一直相信藝術所呈現的，不只是個人的世界，還包括了家庭及文化上的集體意識。我說他的畫有捷克藝術上所共有的陰鬱和瘋狂的特質。他沒正面答覆，他只說他很喜歡卡夫卡。我想他答覆了我的問題。

我和他約好週末去他的工作室看其他的畫，他說他還有上百張的畫作。但是那個週末，舊金山碰上了二十多年來最大的暴風雨，不少公路都無法通行，暴風雨大得根本不能出門。我們在電話中取消見面，聊了一會兒。在畫展中，他有一幅自畫像是非賣品，我問他是否可以改變想法，他說他還是不想賣。但在掛電話前，他突然說了一句很奇怪的話，他說：「也許，妳有一天會得到那張畫。」我一直不明白這句話的意思。

我把傑夫的畫帶回倫敦，掛在我的屋裡。我所有的朋友都喜歡他的畫，藝術氣息重的人，說他的畫讓人想起知名畫家霍柏（Edward Hopper）；市儈氣重的人，則說我做了很好的投資，二十年後，我可能從佳士得拍賣會場上回收成果。我留下地址給傑夫，如果他再開畫展，請他通知我，反正我常常去舊金山。

我一直沒有傑夫的消息。直到那一年的冬天，離我買畫的時間過了十個多月，我接到一個特大郵包。當我拆開時，看到傑夫的自畫像，我當場呆住，也馬上有非常不祥的感覺。我立即打電話到傑夫留給我的聯絡處，沒有人接。我試了好幾天，都沒有人接。我突然想到，他還留給我他父母老家的電話。我打過去，是他父親接聽的，他告訴我，傑夫自殺了。二十七歲的他，畫了十五年畫的年輕畫家，決定結束自己的生命，只留下一百多張的繪畫作品。

我和傑夫的父親在電話中談了一個多小時。他父親的聲音聽起來很冷靜、很有教養，他談到兒子死前的情景及種種，聲音都是一貫地平和。他曾找過傑夫的心理醫生談過，醫生說傑夫長期沮喪，一直靠做畫來渲洩他的情緒，但他自殺前兩個月，卻突然停止畫畫，他說他什麼都畫不出來了。就在他喪失藝術的熱情後，他也喪失了生活下去的勇氣。傑夫的父親也跟舊金山一位相當賞識傑夫的藝術家談過，那個人說傑夫真可惜，他的畫已經引起不少畫壇人士的注意，有個畫廊準備要捧他，再下一步也許就名利雙收了。傑夫甚至和那家有名的畫廊，都已經約好簽代理合同的時間。

就在一切世俗價值中認為是好事的運勢快要上門時，這位年輕的藝術家卻忍受不了生命的沉重或絕望，或其他種種命運中神祕難解的詛咒，而選擇結束一切。也許他覺得已經做完人生的功課，他畫過，完成過。也許他害怕未來的成功或可能的失敗，他不想在畫壇上闖盪，販賣他的藝術。也許他只是活厭了。

他父親說他沒有留下遺書，沒有隻字片語解釋他的行為，沒有人知道他何時開始想自殺，為什麼要自殺。我問他，您跟兒子親近嗎？我的問題令他在電話那一端沉默了半晌。他說，傑夫是一個很封閉的人，沒有人可以走進他的內心世界。

只有留下的畫是他內心邊界的窗口。我看著他的自畫像，就像唐・麥克連（Don Maclean）在一九七〇年代唱給梵谷的那條歌（Vincent）：「我現在才了解，你的理智如何讓你瘋狂，而你是多麼想釋放你自己」。當他在告訴我，我有一天可能會得到他的自畫像時，他是不是已經暗示了我他的決定？

三個月後，我走在舊金山的街上。有時，我會停下來，突然覺得悲傷，我知道我永遠會記得傑夫。我不斷地告訴自己，沒有人救得了他，即使沒有那場暴風雨，就算我去了他的工作室，情況還是一樣，九個月後，他還是會自殺。我只是一個曾經而且唯一在他畫展上買畫的台灣女人。我們的緣分只止於此，但他給了我他的自畫像。

留下的空房間

二十多年前，我第一次上卡斯楚街（Castro St.），整條街上掛滿了五彩旗；帶我去的朋友告訴我，每一張旗都宣告正有一對同性戀侶「結婚」了。那時還是前愛滋時期，雖然同性戀圈中已有人神祕死亡或發病，但醫界尚未正式發現這個世紀黑死病。

前愛滋時期，是卡斯楚街的黃金時代。傍晚時分，喜歡簡單家居之樂的同性戀人，帶著他們的大狗在街上漫步。看著落日餘暉映照著彩虹旗，同志們彼此打招呼、寒暄問好。街角的咖啡室中，坐著雙雙對對的情侶，喝著晚飯前的甜酒，打量著剛從明尼蘇達州來的漂亮年輕的金髮男孩。華燈初上時，好飲酒作樂的人，在家中開著盛大的派對，熱門的話題是新上任的同性戀市長與其愛人的愛恨情仇。一瓶一瓶的海尼根啤酒（當時同性戀圈的新寵）下肚後，站在陽台上吹著舊金山夜晚的涼風，眺望遠處市區的萬家燈火，許多人心中都有一種幸福感。這些人都逃離了自己的過去，也許是保守刻板的中西部、嚴肅清教思想的東北部或者褊狹壓抑的天主教南方，如今他們站在同性戀者的國度上，得到了他們的自由和認同。

午夜過後，朋友帶我在卡斯楚鬧街上「航行」一家家的同性戀酒吧。澡堂、服裝店、鞋店、玩具店都開著，店中總是擠滿了人，滿城漂亮的男孩都可在這兒找到。當時的卡斯楚街什麼都有，硬核、軟核酒吧，皮衣酒吧，S&M（虐待與被虐待）酒吧，應有盡有；雖然死神的號角已經在門外響起，但屋裡狂歡的人卻還以為號角是祝賀的聲音，沒有人活在禁忌中。

這是我認識克里斯及大衛的開始。大衛是個台灣男孩，在舊金山學建築，克里斯是他的同學。大衛是我好朋友的同學，我的好朋友知道我要去舊金山時，給了我大衛的電話及住址，叫我去找他；他並且告訴我，大衛是個Gay。在一九八〇年代初期的台灣，這還是個相當陌生的名詞。那時的台灣，還沒有《喜宴》、《河流》和許佑生的婚禮。

大衛是典型的台灣好人家出身的乖小孩，父親是名醫生，長年在醫院中工作，跟兒子的關係十分疏離。大衛常說他過的是「心理上無父」的童年，母親跟他很親近，使他一直很認同母親。他記得自己直到高中時，都還和母親睡在同一張床上。大衛跟女性很容易親近，但他發現他在所有的女人身上都在找他媽媽的影子，使他不敢和女人有進一步的肉體接觸，他覺得女人讓他不得不面對自己的戀母情結。從高中開始，大衛就開始偷偷喜歡男生，有的是自己班上的，有的是搭同班公車同校的男生。在一九七〇年代的台灣，他沒有書可以看，沒有電台節目可以Call in，他一直躲在自己的幻想世界中。

在大學時，大衛也試著交過幾個女朋友。他長得斯斯文文、乾乾淨淨，又會拉小提琴，當然是女生喜歡的典型。他會和女伴一起上國父紀念館聽音樂會、看雲門舞集。他是君子型的男人，很適合解嚴前的台灣；他不會對女人動手動腳，女人也不會覺得他奇怪，他的清秀斯文也不會讓現代女性一眼看穿他可能是「衣櫃中的同性戀」。大學四年，他一直隱藏得很好。到當兵時，他才發現自己慘了；在一群大男生中，他是唯一穿著內褲洗澡的人，左轉右轉的指令讓他昏頭轉向。老鳥欺負菜鳥時，他永遠是頭號肉靶。還好他的連長特別愛護他，調他去做文書工作，在他退伍前的那個晚上，喝了酒的連長跟他發生了性關係。

退伍後兩個多月，大衛來到舊金山。當時正是同性戀平權運動鬧得如火如荼之際，校園中到處是標語。最奇妙的是，他慢慢發現他們班上的男同學中，幾乎有一半是同性戀，似乎全美國的同性戀都來到了舊金山，很自然地，他和克里斯成了一對。克里斯來自波特蘭，父親曾是伐木工人，非常男性化，會在家裡動手打人。克里斯從小就怕他的父親，但奇怪的是，這種對父親的恐懼，竟然轉變為對男性的渴望。

大衛和克里斯住進卡斯楚街，也掛上彩虹旗，當時他們還是一對一的關係，但維持一夫一妻制在同性戀圈子特別困難。同性戀文化本來就建立在對自己生理慾望的誠實之上，異性戀文化的一夫一妻制，基本上是為了符合社會規範，而非生理本能的需求，這對同性戀圈子的約束力自然十分脆弱。

然而，大衛是來自解嚴前的台灣，即使他從小在父母親有名無實的婚姻中長大，他仍不可避免地信仰著一夫一妻的神話。他需要這個神話所帶給他的安全感。

當我第二次上舊金山時，克里斯和大衛已經鬧得水火不容，我那時才知道有的男人嫉妒起來是不輸女人的。大衛把我看成他的姊妹淘，跟我哭訴他內心各種委屈；他細數自己的優點，像會做飯、洗衣、整理房子等，沒想到克里斯還是去找野男人。克里斯則把我看成他們倆之間的和事佬，其實克里斯並不願意跟大衛一刀兩斷，像大部分的男人一樣，他想腳踏兩條船。

一九八七年，我再到舊金山時，大衛和克里斯已經分手，我則住進克里斯留下的空房間。當時我也注意到卡斯楚街上的彩虹旗幟幾乎都消失了，只有一兩支破舊褪色的旗子在風中飄揚。心情沮喪低落的大衛告訴我，已經沒有人慶祝結婚了，卡斯楚街進入「離婚」尖峰期，同住的情侶都紛紛拆夥。也是在那一次，大衛說起，有一種神祕的疾病在蔓延著，他說好多人都染上奇怪的病。後來我們才知道那種病叫「愛滋」。

我提醒大衛要小心，但其實我是不需要提醒他的。大衛是那種「不積極」、「不活躍」的同性戀，屬於相當被動的家居型，喜歡做菜，在家聽音樂、看雜誌，養一屋子的花花草草。他不上同性戀澡堂、酒吧航行，換句話說，他是安全型。

有一年多，大衛都沒遇到合適的伴侶。他的父母催他回台灣創業、做建築師、結婚生子等，但大衛不願意回去，怕面對家庭和社會的壓力。他替一家大型的建築師事務所打工，賺一份生活費。

我再看到大衛時，他已經跟詹姆斯在一塊。我第一眼看到詹姆斯就不太喜歡他，我覺得他很危險，那是種說不上來的直覺，但是大衛已經陷入熱戀之中。然而我的直覺很正確，短短三個月後，大衛又失戀了，帶著破碎的心，他發現自己成為HIV的帶原者。當我在越洋電話中聽到這個消息，大衛當時已經不再歇斯底里。他說在發現真相後，他曾經歇斯底里了一個多月。他說人生就像玩俄羅斯輪盤一樣，沒有機率可以算的；他一生中只有過三個男人，而且永遠一次一個，而他中鏢了。

我飛去舊金山，陪了他一陣子。問他要不要回台灣，要不要讓他父母知道真相，他不肯。他說身為帶原者，在舊金山可能是最安全的。當晚我們走在卡斯楚街上，街上看起來很冷清，不少商店都關門大吉，幾年前狂歡嘉年華會的熱鬧都消失在黑夜之中。大衛帶我去一家叫「燈塔」的社區中心，這是專門為帶原者及愛滋病患者成立的援助機構。

我們坐在「燈塔」中喝著簡單的美式淡咖啡，我看著一位已經發病的愛滋患者，瘦得不成人形，正彎著腰影印一些文宣資料。而我眼前的大衛，除了神情疲倦、眼神哀傷外，仍然清秀好看而健康。大家都會老，都會死，但是我知道命運的軌跡很快將在大衛臉上劃下殘酷的印記。大衛也看著那個愛滋患者，他的眼中充滿恐懼，他看到了未來的自己。

一九九四年的冬天，大衛發病了。愛滋病在潛伏幾年之後，會突然像火山爆發一樣，擋都擋不住。我看到發病後的大衛時，知道他的時候不多，但是大衛很快樂，因為克里斯回來了。航行過無數酒吧，還去過紐約火島的克里斯，竟然連HIV帶原者都不是，人生真奇怪。當克里斯從朋友處聽到大衛發病的消息，他決定回來陪伴他，一起度過大衛人生的最後旅程。

我離開他們的家，克里斯送我去搭巴士。我們走在卡斯楚街上，從前的情景一幕幕在我記憶中浮現，我記起克里斯和大衛一起養的小狗「普契尼」。克里斯搬走時，把普契尼也帶走。我問克里斯：「普契尼呢？」他說送給朋友了。然後克里斯突然想起什麼，他告訴我，普契尼已經升格當媽媽，有了幾隻小狗，他說他會去跟朋友要回一隻普契尼的小狗來給大衛做伴。如同從前時光又回來一般，雖然大衛快死了。

和克里斯分手告別時，我不知道自己為什麼會突然跟他說謝謝，我又不是大衛的家人或什麼的，但克里斯了解我的意思。他看著我，他說他一直喜歡大衛，他後來已經把大衛當成自己的弟弟一樣。大衛是個很好的男孩，上天對他太不公平，克里斯說，他常常覺得困惑，為什麼不是他生病。

大衛因為愛滋併發症而感染急性肺炎，他死在醫院時，我並不在場，他的家人也不在場，只有大衛和他的朋友們。但我去參加葬禮，他葬在卡斯楚街南方的科瑪（Coma）墓區，墓地可以眺望太平洋，太平洋的彼岸是他出生的地方。在葬禮上，我看到大衛的父母，他們仍然以為或假裝以為自己的小孩是死於急性肺炎。雖然這個「假裝」對於他做醫生的父親而言是太困難了，但克里斯並不避諱地在大衛的墳穴上擲下一打盛開的紫玫瑰花，我也扔下他最喜歡的香水百合。

再見了，大衛！

一九九六年，我再度回到舊金山，克里斯已經搬離卡斯楚街，他去聖塔菲研究印地安原住民的古老石穴屋。我去了一趟卡斯楚街，我的法國朋友皮耶說：「卡斯楚街的居民在過去七、八年中，幾乎死了將近四分之一的人，像中世紀黑死病時的歐洲一樣。」皮耶又說：「可是之後就是歐洲的文藝復興了。」在死亡的廢墟上，文明開出最璀璨的藝術花朵。

我不知道卡斯楚街的下一步會是什麼。但是街上關門已久的澡堂、酒吧又重新開幕不少，這裡似乎又慢慢恢復活力起來。有人在街角散發保險套，就像加州在公共場所全面禁菸後，就開始流行到雪茄吧抽雪茄，人類的享樂本能永遠不會死絕。也許下一次我到卡斯楚街時，整條街又會再度掛滿彩虹旗幟。

二〇〇三年，我回到卡斯楚街，果然卡斯楚街又死而復生。人們已經懂得如何與愛滋病共存，舊金山也不再是愛滋病最危險的地方。現在愛滋病肆虐的地方是非洲、亞洲等落後地區。人們如今才發現：愛滋病最危險之處，不在性行為本身，而是無知。

卡斯楚街也成了同性戀社群的觀光聖地，不再是封閉的社區，多元文化悄悄地蔓延開來。在二十一世紀，性別歧視已經不是同性戀者最關心的主題。在後愛滋時期，如同同性戀影集《美國天使》中所宣示的觀點，同性戀者也開始反省在同性戀文化中所暗藏的父權結構；壓迫同性戀者未必一定來自異性戀者及其文化，而不能解脫父權依賴與壓迫的同性戀者，是得不到真正的自由的。

大衛離開好多年了。我常常在想，他是否已經選擇轉世？如果是，那麼他會選擇誕生在哪裡？做什麼人？會回到舊金山嗎？會是街上我看到的這些清純、天真的小男孩、小女孩嗎？也許有一天，會有一個人給我一個神祕的手勢，讓我看到大衛快樂地活出另一個自己。

沒有人可以釋放她

富人山丘（即諾布山丘[Nob Hill]）是舊金山市區內最高的地方，從淘金熱到太平洋鐵路時期暴發的富人，都喜歡在這小小的山丘頂上蓋深宅大院。這裡是舊金山「Old Money」（富賈世家）的發源地，四大鐵路家族都在山丘上建造豪華的大宅；現在山丘上已經少見這種大宅邸，只剩下幾棟當古蹟般保存著，也有的變成了豪華大旅館，而大多數則是共有公寓。這裡的房子在不景氣時，也很值錢，四房一廳的公寓永遠要價近百萬美金。

漢娜是匈牙利的猶太人，小時候進過集中營，戰後輾轉來到美國，在紐約做過一陣子模特兒。從她的照片看來，她年輕時的確是位美女，有著猶太女人少見的金髮和高䠷勻稱的身材；通常人們會稱這樣的猶太人是「白猶太」。在做過幾年模特兒的工作之後，漢娜嫁給富人山丘上一位世家子弟，男人年紀比她大上許多，也因此，漢娜早早就守了寡，靠著丈夫留下來的財富過生活。

許多人都說，中國人跟猶太人特別有緣分。很多中國女子所下嫁的「外國人」，仔細打聽時，很多嫁的都是猶太人——美國的猶太人、英國的猶太人、法國的猶太人或是澳大利亞的猶太人等。猶太人愛吃中國菜，跟中國人一樣愛錢，也一直逃難逃個不停。

我常覺得自己前世一定曾經有一世做過猶太人，我對猶太事務始終有種莫名的好奇心。我收集關於猶太人、猶太文化的書籍，研讀冷門的猶太史料；有一陣子，我甚至想跟朋友學意第緒語，好看得懂史賓諾莎和以撒・辛格（Isaac B. Singer）的原文作品。

我是在波蘭的古都克拉科市（Cracow）認識漢娜的。她的表妹亞歷莎卓是我在倫敦的朋友，我們拜訪亞歷莎卓的時間剛好撞在一塊，所以很自然地一起出外活動。我們一起去了史帝芬・史匹柏拍《辛德勒的名單》時當成辦公室使用的咖啡館，聽猶太悲歌，也一起去了克拉科市郊外的奧斯維茨（Auschwitz）集中營。漢娜的鄰居一家人就關在那裡，也全家死在那裡。

漢娜知道我常上舊金山訪友，叫我下回去，一定要和她見面。我帶上一瓶匈牙利有名的「Szatmari櫻桃酒」去看她。她則做了猶太菜（捲心菜包米肉）請我品嚐。飯後，我們站在十二樓的陽台上，眺望金門大橋的夜景，離她住處不遠的葛麗絲大教堂傳來晚鐘聲，呼喚著參加夜彌撒的人。

幾杯酒下肚的漢娜，今夜似乎心事重重。我一向驚人而奇妙的預感告訴我，她似乎有什麼話想說，我決定打開僵局。在我的人生經驗中，生命中充滿著一個個稍縱即逝的時刻，大多數的人都不願意面對，都寧願活得像一座冰山，只肯透露出一點點的自己給世人看。

這就是漢娜告訴我的祕密。為什麼是我聽到這個祕密呢？也許因為我是外國人，沒有太多牽扯的人；也許是因為我的月亮星座在雙魚座，使我從小到大一直像個靈媒一樣，不斷有人要把他們的祕密告訴我。

漢娜說，她的有錢丈夫娶她，並不只是因為她美麗，當年紐約模特兒圈中美麗的女人太多了。她在婚後才知道，他娶她，是因為她待過集中營，受過各種肉體的摧殘。她那位文雅、受過高等教育、富有的丈夫根本是個心理變態，他需要一個吃過苦、可以忍受各種苦頭的妻子，來滿足他各種性虐待的花樣。

「為什麼不離婚呢?」我問漢娜：「妳在加州，法律保障妳可以取得一半的財產。」

漢娜搖頭。來自古老東歐的她，不喜歡醜聞，也不相信美國的法律，她害怕冗長的法庭調查。還有另外一個重要原因讓漢娜決定不離婚，因為她發現，有一半奧地利血統的丈夫，二次世界大戰前是希特勒黑衫軍的支持者，他根本是納粹的同路人。這樣的人，竟然去娶一名在集中營受過納粹凌辱的年輕少女。

漢娜決定要親自復仇。在五年的婚姻生活中，她努力製作各種精緻的甜食誘惑有先天性糖尿病的丈夫吃；訓練自己做他的家庭護士，替他注射微微過量的胰島素。漢娜的丈夫只跟漢娜生活了五年。漢娜得到她的自由，也完成她的復仇。

漢娜的家中還擺著她和丈夫的合照。照片中的男人，有種好看的日耳曼血統的輪廓，挺直的鼻樑，海水藍的眼珠，一頭看起來柔軟發亮的金髮。我注視著照片，漢娜也注視著照片，我覺得一陣寒意上身。

漢娜的家中到處擺滿收藏好幾代的古董、銀器、書畫、水晶、波斯地毯、瓷器；漢娜還是在她的集中營中，只是這是一座美麗安全的集中營。她把她自己關在裡面，沒有人可以釋放她。

有一天心電感應

唐人街充滿了老靈魂，如果你懂得辨識他們和傾聽他們的聲音。

在格蘭大道（Grant Avenue）和加州街（California St.）的交叉口，有個小公園叫聖瑪麗廣場。在十九世紀末，這裡曾是妓院和低級小酒館的聚集地；此地在一九〇六年因一場大火化為廢墟，之後才重建為公園。每天清晨，這裡聚集不少華人武師，有的練太極，有的練南拳北腿，各種大江南北的武藝都有，不少洋人都到此來學習中國武術。

阿明是ABC（美國出生的華裔），從小生長在唐人街，父母擁有一家南北貨商店。阿明長得很女性化，清秀白晰的臉龐、修長的身材，怎麼樣也不像是習武之人。但他從小就喜歡中國武術，跟著唐人街裡的老師父，練就一身好功夫，還得過幾次加州武術比賽的獎項。我的朋友艾倫是他的學生；艾倫在金融區上班，但艾倫常常一身唐裝，六點不到就出現在聖瑪麗廣場，練一個小時功夫，滿身大汗地在附近公廁簡單梳洗後，換上西裝、打起領帶，才和客戶見面去。

當時我住在聯合廣場（Union Square）旁的小旅館，有時早起，懷念中國粥的滋味，便沿著格蘭大道散步去「銀輝」吃早粥。在舊金山著名的清晨寒意及濃霧下，一碗滾燙的白粥，配上老油條沾醬油，真讓人心生做中國人的幸福之感（大部分中國人對中國最大的認同即來自食物）。餐後，有時順道去和艾倫聊幾句，去多了，也就和阿明熟絡起來。有時艾倫上班去了，就剩下我和阿明一起坐在椅子上，享受舊金山清晨淡淡的陽光。

阿明話不多，他平常是個相當害羞和內斂的人，只有教起武術時才顯得比較有活力。我們可談的共同話題不多，但兩個人相處卻有一種自在之感；常常在陽光下一坐半小時，彼此幾乎沒半句話，卻也不覺得尷尬或奇怪，彷彿有種內在的心電感應可以相通。

那個冬天的早上，我們坐在常坐的那把椅子上，公園中有幾隻鴿子在我手掌上啄著我在唐人街米店買來的小米。阿明坐在我旁邊特別沉默，但我感覺他有好多話想說，我似乎聽到了他要說些什麼。

我突然開了口，說出一句我根本沒想到要說的話：「這裡曾經有一場大火。」阿明看著我，我們彼此的心靈通上了電。他告訴我，他常常做一場夢，夢見自己在一個妓院中，他是個女人，有個西方男人正企圖要對他非禮。兩個人掙扎之中，他打翻桌旁的煤油燈，燒起床上的軟墊，火勢又猛又大，一下子竄上天。她拼命想逃走，卻找不到出口，只覺得一陣紅光撲上他的身，但他卻毫無恐懼，也沒有痛苦。然後，夢裡的情景突然變了，他進入一個沿海的小漁村，他是個打漁女，正在漁港旁補破網。突然從一艘較大的船上走下兩個人，一言不發，兩人就架起他來，他一直掙扎，也抵不過男人的孔武有力，最終被架上大船去。

阿明問我相不相信前世，我說相信。他有些苦澀地微微一笑，說他從小就是個常做怪夢的小孩，醒來後總是胡言亂語。他的父母總說他發癲，帶他吃遍草藥，也找道士捉妖過，卻總不能阻止他老是做一些奇奇怪怪的夢。他說夢中人家總是叫他阿月，而不是阿明。

也許阿月就是阿明的前世。在本世紀初期，舊金山的中國女人奇貨可居，許多無辜、純潔的鄉村少女被人口販子擄來舊金山，被迫從事賣淫工作。也許就是前世身為女人的無助，使得阿明這一世一直努力學習武術保護自己，而他的老靈魂仍捨不得離開他葬身之處——聖瑪麗廣場。他幾乎天天來此。但他已經改變了他的宿命。

我突然有種奇異的知覺，我問他是否艾倫就是那個夢中的西方男人。阿明看著我，露出覓得知音的感激，他點點頭。我問他，還恨不恨他。阿明搖頭。他說，習武讓他學到的不只是自衛，而是寬恕。他解釋到，不管是使用暴力或恐懼暴力，都是力量的錯誤使用；武術的精神，在於找出一個純粹的、美學的、精神和肉體兼顧的力量出口。他說，這一世，艾倫成了他的學生，跟他學習如何調整內在的暴力，轉換成武術的力量，他們宿命的負面力量因此得以轉化和昇華。

這是我聽過的最美的中國武術的故事。在一個老靈魂的自述中，我理解了武術最基本的精神。從此以後，當我看到阿明在教艾倫練武以及其他的武術活動時，我不只是看到力量，也看得到和諧及美了。他們都是釋放了內在戰士的人。

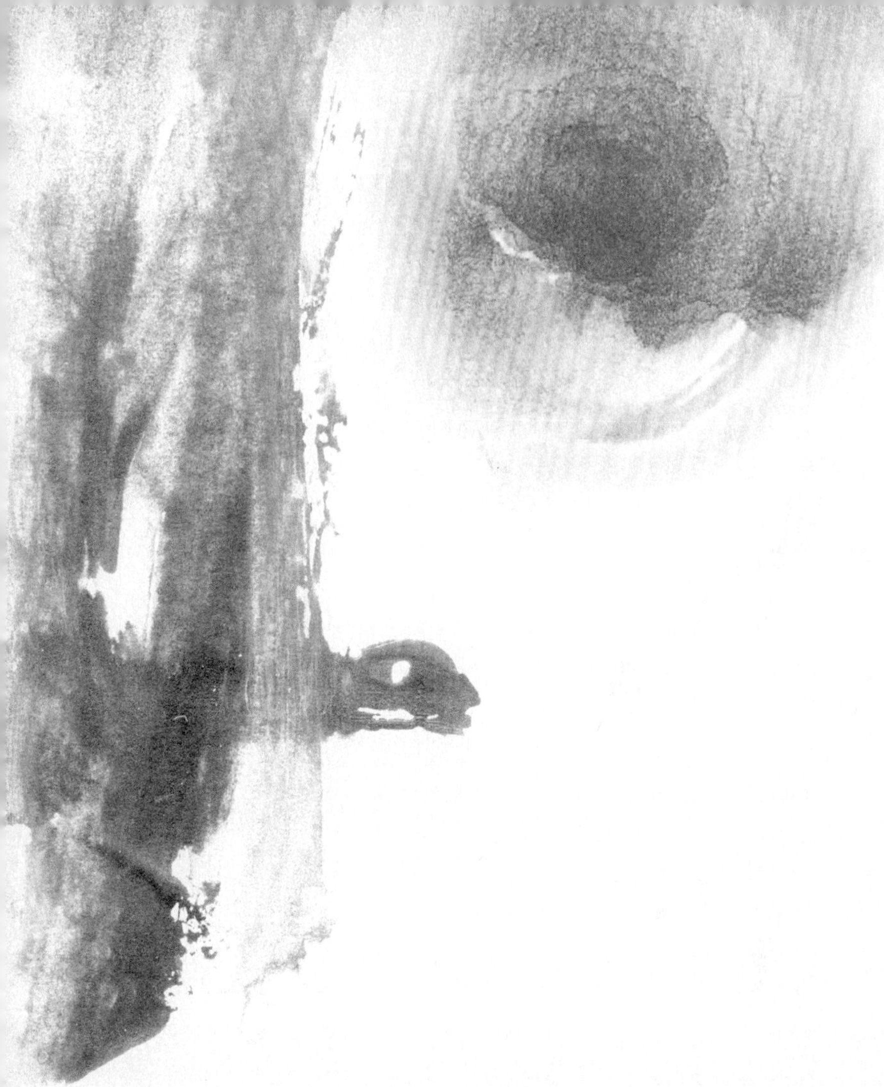

兩個晚上的鬼魂

人們常說，「夜路走多了，總會遇到鬼」，而我是「旅館住多了，總會遇到鬼」。

在我旅行二十多年的生涯中，住過的旅館至少數百間，遇到鬼的經驗其實很少。但奇怪的是，在舊金山就遇上兩回。

也許是磁場的作用，雖說發生事情的旅館都是老旅館，但也不過就是上百年歷史的建築；我在歐洲還住過十三世紀的旅棧和十七世紀的古堡，卻不曾撞見幽靈。大概舊金山上空飄浮的靈界生物和我的電波特別有緣。

第一次撞邪的經驗是在小義大利區北邊。我在華盛頓廣場（Washington Square）一帶閒晃，看到一間有著文藝復興式雕花木門的破舊旅館就很喜歡，當下決定搬出在市中心裡住得好好的旅館。雖然心中知道這種老旅館的衛生、安全、方便程度，絕對比不上原來的旅館，但風格對我一直有致命的吸引力。

旅館不高，只有五層樓，大廳是義大利式黑白大理石鑲工的馬賽克地板。八月天，穿著涼鞋的我還可以感覺到大理石地板的冰涼。陳舊的老式電梯有著軋軋作響的鏤花鐵門，載我到了頂樓。

我住在閣樓的大房間內，有一扇木窗，可以看到落日及廣場上散步的老人、遊戲的小孩與談情說愛的戀人。我很滿意我的房間。有點軟的雙人床上，鋪著些許破舊卻很有款式的褪色白麻布床罩；窗前的舊橡木桌上，有著前人留下的斑斑水漬和筆印；藤草編的木頭椅已微微傾斜，卻保留了昔日講究手工的細膩花紋。

我坐在窗前，敞開了木窗，微風吹起透明的窗紗。一邊喝著旅館主人送上來的義大利白酒，我很高興自己做出這樣的選擇。

傍晚後，我去廣場上散步，在波多摩（Podomor）餐廳吃海鮮義大利麵，之後到葛瑞科（Greco）咖啡店喝義式咖啡。身邊一些義大利老人在玩紙牌，講著義大利語，有那麼一剎那，我以為自己正在一個義大利城鎮旅行。

我在街角的花店買了一束玫瑰，帶回房間。泡了杯中國清茶，寫旅行的日記，並用隨身聽的小喇叭聽著普契尼的《蝴蝶夫人》。夜愈來愈深，廣場旁的義大利天主教堂的鐘聲提醒我該入睡了，明早還有旅人忙碌的一日活動。

我洗了澡，噴了點香水，好讓自己高興。躺在床上，床是真的有點太軟，我整個人像陷在流沙中，好像是床在睡我，而不是我在睡床。掙扎了一會兒，慢慢地，我還是睡著了。

夢魘不知道是什麼時候開始的。總之，我覺得有人壓著我，我無法動彈。我感覺到奇怪的撫摸從我的頭髮上、臉上輕輕滑過，我聽到奇怪的聲音在我耳畔呢喃，像人的呼吸，我想掙脫，卻毫無力量。

然後，我突然看到一張臉孔及一對凝視的眼神。我想伸手趕走身上的人，卻發現自己手腳發軟。「天哪，我遇見鬼了！」半夢半醒中的我頓時明瞭發生了什麼事，我努力用僅餘的一點清明，在意識底層唸了一句西藏的六字真言，就忽地醒過來。

月光照在我的床上，室內無人，但睡前好像關好的窗子卻又開了。涼風吹著窗紗，我起身關上窗，卻再也不敢入睡。我點亮燈，拉來椅子，坐在窗前讀書，一直到曙光及晨霧在窗前湧起。

我是第一個下樓的客人，守夜的人還奇怪地看了我一眼。我離開旅館，找了家早開的咖啡店吃早餐，努力回想昨夜發生的事。是做夢嗎？但為什麼那種觸覺、那些呼吸聲都那麼清楚？還有那張臉，我在哪裡看過那樣的臉？難道只是夢嗎？我實在想弄明白。

我回到旅館，旅館主人已經來了，我猶豫一會兒，還是決定上前問個明白。我告訴他，我要搬走，旅館主人古怪地看著我。是他先開口的，他問發生了什麼事，我告訴他昨夜的經過。

旅館主人嘆了口氣，然後，他說：「他又回來了。」

「誰又回來了？」我問。

「我兒子。」旅館主人說。

旅館主人是義大利移民，三代前曾是熱那亞水手；在舊金山落腳後，開了餐館，存了些錢，買下這幢老旅館。閣樓的房間曾經是他兒子住的地方。

這個兒子唸柏克萊大學，但血液中卻流著祖先做水手的基因；他喜歡出海，常常駕著風帆出海去釣魚。有一次出海，遇到海灣突來的風暴，就再也沒有回來。

但他曾經回來過幾次。第一次是一位義大利的女客，學歌劇的；另一次是位日本女孩，因為他一直想去日本。旅館主人看著我，問我：「妳是日本人嗎？」

我看著旅館主人，真不知道要怎麼接受這個故事。我問道：「他喜歡《蝴蝶夫人》，是嗎？」當然是。旅館主人問我，想不想看他兒子的照片，我想起夢中的那張臉，我點點頭。看到照片時，我知道我是真的撞見了幽靈，那一對眼神就在那張照片上。

當天，我就搬出旅館，旅館主人不收我的住宿費作為補償。其實我並不需要補償，補償什麼呢？被鬼性騷擾嗎？我想自己不夠勇敢，否則應該繼續住下去，看看還會發生什麼事。畢竟照片中的那個男孩很迷人，尤其那一對溫柔多情的眼睛。

然而第二次撞邪就沒這麼羅曼蒂克，還好我不是一個人。我和男友住進位於聯合廣場正對面聖法蘭西斯（St. Francis）旅館的舊樓。那時是冬天，旅館正值淡季，人很少，我們住的那一層樓似乎沒什麼人住，從電梯出來，要走過長長的走廊才能進到廊底的客房。

長廊上掛滿黑白照片，大部分都是社交舞會的照片，照片至少都是七、八十年前的老照片了。我一張一張地巡視那些照片，突然覺得自己像《鬼店》（The Shining）電影中的傑克・尼克遜一樣，照片上的人物也彷彿都快走下來似地。

我們的房間好大，比一般正常的旅館房間要大上三倍，這也意味著晚上要上洗手間時，得走好久。我一進房間就覺得不舒服，脖子又重又麻，男友說我疑神疑鬼，八成因為看太多老照片的關係；而如果我那麼容易受暗示，就不應該讓自己接觸會引起暗示的東西。

話說得有道理，但為時已晚，我已經看了照片。我在旅館內享用精美的晚餐，之後去爵士俱樂部聽音樂，整個晚上，腦子裡卻一直揮不去那些照片的影像。從爵士俱樂部出來，我還不想回旅館，不知道為什麼，就是想再拖延一會兒。儘管一夜的旅館費是兩百多美金，我仍提議再上唐人街喝粥及遊車河、看夜景。

終於拖到快一點，才回到旅館。兩個人都累壞了，但澡還是得洗，我決定要先洗（通常都是我後洗的）；放了滿缸的水並放下一塊浴鹽，好讓自己輕鬆一下。

我進入浴缸，半身潛入水中，頭靠著浴缸邊緣，閉上了眼，聽著無線電收音機傳來的輕音樂。突然，我整個身子往下沉，我努力要坐起來，卻坐不上來，好像有人強拉著我。我整個人陷入水中，我掙扎著，想叫出聲，卻嗆進一口水。這時，我突然看到馬桶上坐著一位中年白種男人，穿著出席晚宴的燕尾服，冷冷地盯著我。我看著他，一剎那的心電感應，我突然知道了我現在是誰；我是他的妻子，而他曾經在這裡謀殺了他的妻子。我意外撞進了他們的時空之中。

在我快要窒息的時候，我的男友推門進來，看我陷在水中，他嚇壞了，一把抓起我，拍著我的背，我吐出一大口水。

後來，我的男友說，其實他什麼聲音都沒聽到。雖然我以為我有尖叫或大力拍水，但他都沒聽到，他推門進來只是想上廁所，卻救了我一命。

驚魂未定的我，穿好衣服，告訴他整個故事。他提出合理的解釋，說我也許是晚上酒喝多了，有一點醉，才會沉入水中。不可能的，我沒有醉，而他也知道我並沒有醉。

我說我知道那個男人的照片就掛在客房外的長廊上，我要去找他出來。他只好陪著我，半夜兩點多，在長廊上一張一張看著那些老照片。

我果然發現了他們：在一張社交舞會的照片上，那個坐在馬桶的男人，有著一對冷酷的眼睛，擁著他的太太。我看著照片，感覺全身發冷。我能證明什麼呢？這些人都是逝者，早已不在人間。幾十年前，如果發生過什麼命案，也是過去的事。我只是不小心闖入他們的時空，而我差點就回不來了。

我再也沒有回去那家旅館，雖然每次經過時，都會想起那張照片，以及舞會上那名女子燦爛的笑容。她是誰？而我又是誰呢？

下午這麼神祕的快樂

這三個人占據城裡最好的表演位置，就在市場街（Market St.）和纜車總站交口的小方場上。整個冬天，這三個邋遢派（Grunge）模樣的音樂家，就帶著他們奇怪的樂器——鼓手的鼓是塑膠桶加鐵桶拼湊而成，再加上破舊的電吉他、貝斯和麥克風——下午兩點一到，他們的搖滾音樂會就開始上演。

第一次發現他們是因為主唱者的歌聲。我還在兩條街外，就聽見有人在唱門樂團（The Doors）的歌曲〈點燃心火〉（Light My Fire），幾乎就像該樂團主唱吉姆・摩里森（Jim Morrison）現場演唱一樣。我覺得奇怪，循著歌聲前去，就見到這三個人，也看到了主唱；更讓我吃驚的是，他長得非常像吉姆・摩里森，尤其像他死前留鬍子那一陣子的樣子。

我站在那兒聆聽兩個小時的音樂。下午暖暖的冬陽，曬著整個小方場發著亮光，空氣中飄浮著來來往往的汽車、電車攪起的廢氣和灰塵，等著搭乘纜車的觀光客排著長龍隊伍，一邊聽著他們一首一首唱著一九六〇年代的搖滾樂。

地鐵出口每隔一陣子送出一批往來的行人，有個穿著畢挺正式西裝的中年紳士，可能是正要上金融區工作的「High-flyer」（指生活緊張的高收入者），駐足聽了一首歌，也許他正回想起多年前還是大學生時組樂團的日子；他臨走之前，在地上的小盒子扔下一張紙鈔。一位有著修長雙腿、非常纖瘦、看起來有點迷茫的金髮女人，站在音樂家前，跟著音樂慢慢起舞。她年紀不小了，也許有五十多歲，但她臉上的神情卻像個永恒的孩童。她看來開心極了，完全沉醉在音樂中，慢慢地扭動她的長手長腳；興起時就緩慢擁抱她身邊陌生的路人，有的人也輕輕回抱她，有的人則呆若木雞，一動也不敢動，讓她擁抱一下也就算了。她抱得很輕，不冒犯似地，就像輕輕握個手一樣，沒有人嘗試躲開她。這麼美好的下午，這麼美好的音樂，這麼美好的冬日陽光，大家都知道，何不暫時丟開一些束縛；生活中總有例外的時候，這是一塊被允許的租界。

陽光慢慢變得有些刺眼，我戴上太陽眼鏡。一名老流浪漢揹著一袋四處撿來的寶貝行囊，他也站住下來，聽了好一會音樂，嘴中還哼哼唱唱的。這會兒，他正從行囊中掏東西，掏了半天，拿出一副陳舊的雷朋眼鏡，他獻寶似地把眼鏡交給主唱者。像吉姆・摩里森的主唱戴上眼鏡，說了聲謝謝，抬頭看一看太陽，繼續下一首歌。他唱著：「Take it as it comes.」（事情發生，就接受吧。）

我揣測這位主唱的年紀，應該和吉姆・摩里森在巴黎死時的年齡差不多；也就是說，如果他是吉姆・摩里森投胎轉世，現在就應該是這個年齡了。如果這是轉世，吉姆・摩里森為什麼要選擇做一個貧窮、顯然並不得志的音樂家，仍然唱著他以前的歌？而他的歌曾經讓他名利雙收，過著搖滾金童頹廢豪奢的生活。

我看著唱歌的人，戴上眼鏡的他，看不清眼神，但他一邊唱著歌，一邊隨著音樂節奏輕輕晃動他的身體。他的聲音充滿真摯的感情，雖然他只能得到小盒子中的一些零錢，也許只夠三個人買酒、再吃頓晚飯，但他知道這個下午聽過他的歌聲的人都得到了快樂。而他自己也是。

吉姆．摩里森在名利雙收後，已經不再快樂，成功毀滅了他；就像成功毀了涅槃樂團（Nirvana）的主唱科特．柯本（Kurt Cobain）一樣。他們和音樂的關係變質走調，他們不再單純地愛唱歌、單純地表演、單純地活著。

我看著這個街頭音樂家，我開始相信，如果吉姆．摩里森真的選擇轉世還成為音樂家的話，他會選擇一無所有地站在街頭唱歌，而不必考慮宣傳、行銷、形象、市場等種種非音樂因素。他只要能唱，只要有一些路過的人，為他停下腳步，傾聽他唱，然後他享受著這一剎那間的心靈交流，甚至沒有人知道他叫什麼也沒關係，他就只是個無名的音樂家，並且樂在其中。

三顆子彈的執著

如果說卡斯楚街，是舊金山男同性戀者的租界，那麼女同性戀者的新租界就是瓦倫西亞街（Valencia St.）；女同志通常稱呼這裡是「The Village」，就好像紐約人叫他們的格林威治村一樣。這裡離卡斯楚街並不遠，位於中、南美洲移民的拉丁聚落的邊緣地帶。

當男同性戀團體在舊金山從少數的弱勢團體逐漸變成政經、消費的主流

（不少男同性戀者躋身高位，控制政界、金融界），大部分的女同志還仍然是社會底層的弱勢分子。對她們而言，離開卡斯楚街遠一點，更方便她們建立專屬女同性戀者的身分認同。目前在舊金山，激進同性戀運動已經從男同志的手中，轉移到女同志手上。

我帶著凱洛琳・卡西迪（Carolyn Cassady）的新書《離開大路》（Off the Road），走進瓦倫西亞街上著名的女同志咖啡店「Diana the Huntress」（女獵神黛安娜）。這家店很有來頭，它是激進女同志運動的大本營，因不服務男性顧客曾引起不少爭議；咖啡店的櫥窗內擺著凱特・米列特（Kate Millett）的成名作《性政治》（Sexual Politics），屋內則布置有不少亞馬遜女人的象徵雕像、盾牌、羽箭等等（這裡的亞馬遜[Amazon]女人和巴西一點關係都沒有，這是根據古典神話中，亞馬遜女人組成女人共和國的典故而來）。我進入餐館坐下來，點了這裡出名的蘋果汁和胡桃麵包，開始讀我新買的書。

凱洛琳・卡西迪有個出名的丈夫尼爾・卡西迪（Neal Cassady）。他是傑克・凱魯亞克（Jack Kerouac）的作家朋友，兩個人一起開車橫越美國東西岸；日後傑克・凱魯亞克的成名作《旅途上》（On the Road），即根據這段遊蹉歲月為本書寫而成。而凱洛琳的書，則記錄了她和尼爾及傑克在一起生活的點點滴滴。

那是一九五〇年代末期，女性主義自覺運動尚未在美國社會流行，凱洛琳每天上班，賺錢養活當時沒有工作的丈夫和丈夫的朋友，回家還要煮豆子湯及義大利麵餵飽兩位藝術家，有時還要分別陪他們上床。食慾、性慾、房租、生活費通通由她一肩挑起。

凱洛琳就像許多「有才氣」的女孩一樣，自己不從事創作，卻把創作的慾望投射在身邊的男人身上，滿足於做一位「繆思」。但這條路並不容易走，羅丹的情人卡蜜兒・克勞岱爾（Camille Claudel）走過，她失敗了，凱洛琳後來也失望了。她的兩位藝術家男人都先後成名，而她也失去他們，她必須重新面對自己存在的價值，不能再透過他人而活著。

也許是我手上的書引起泰迪的注意，她端著馬克杯過來，問我她是否可以坐下來聊聊。我們先談著凱洛琳和敲打派那些男混混的關係，又聊到了亨利・米勒（Henry Miller）和安涅絲・寧（Anaïs Nin）。

泰迪恨透亨利・米勒，說他是文學史上最可恨又可怕的男性沙文主義豬羅；他到處玩女人，各種性虐待花樣都來，不僅靠安涅絲・寧丈夫賺的錢過日子，還會偷拿跟他上床的妓女的錢。偏偏有個安涅絲・寧這樣的紅粉知己給他錢、陪他上床，還幫他找出版社出了第一本書。

我沒跟泰迪爭論亨利・米勒的問題，他確實是女性主義論戰中的棘手問題。亨利・米勒處理的是人類經驗中十分蠻荒、原始和黑暗的領域，他究竟在「壓制」還是「解放」女性的情慾，真不是簡單的問題。坐在咖啡館中，三言兩語是無法說清的。

我就這樣認識了泰迪，也變成好朋友。她是猶他州人，全家都是虔誠的摩門教徒，父親十分高壓。但她十六歲時，被一位摩門教牧師強暴，這是她唯一和男性有過的性關係。之後，她脫離教會，離開家鄉，落腳於舊金山，「變成」女同性戀者，目前在舊金山大學唸女性主義研究。

有一份對男、女同性戀者的研究指出，男同性戀者較常是性器官的同性戀，而女同性戀者則是腦的同性戀；但和一般兩性社會相反，男同性戀者比較容易爭風吃醋，而女同性戀者比較能和平相處。大多數男同性戀者喜歡花俏的衣服，而女同性戀者卻喜歡較樸素的打扮（兩方都分別在模倣心目中的

「異性」)。

有一陣子，泰迪愛上一位日本女孩，老是要我幫她出主意，但那個女孩不是女同志，只肯接受泰迪的「友誼」。這份柏拉圖的關係使得泰迪很痛苦。我和那位日本女孩見過幾次面，她完全像個瓷娃娃，整個人乾乾淨淨的；她告訴我，她一天要洗兩小時的泡澡，用各種香草浴鹽擦抹全身。

後來，泰迪又和一名有夫之婦瓊妮陷入情感漩渦；對方的丈夫會打太太，瓊妮常身上青一塊、紫一塊地和泰迪見面。泰迪老是揚言要把那個男的幹掉，我以為她只是說說罷了，誰知道她真的做了。她拿著槍對著那個男的開了三槍，對方當場斃命。

我去監獄看泰迪時，她問我為什麼瓊妮都不去看她，我怎麼能告訴她，瓊妮又和另一個男人同居了。可憐的泰迪，她對男人的恨毀了自己，卻未贏得她渴望的愛。

後來，泰迪在監獄裡接受另一名女犯人的開示，開始閱讀英文本的《金鋼經》。有了大覺悟的泰迪有一天告訴我，她明白她對那個丈夫開的三槍，其實分別代表對她的高壓父親、強暴她的牧師及她愛人的丈夫所射出的三顆子彈。這三種身分正代表父權社會的中心角色，她的恨遲早要找出口發洩。泰迪明瞭她的恨意根源之後，突然看清自己充滿貪、瞋、痴、慢、疑五毒是源於靈魂的執著，而這份執著會帶給她永不休止的痛苦，也會帶給他人痛苦。

就這樣，在監獄中的泰迪變成佛教徒。每次我去看她，她都說她更平靜、更自由了。我看著鐵窗裡的泰迪，再次對生命的變化感慨不已。

等不到查理出獄

「SoMa」（蘇馬區）的全名是「South of the Market Street」（即市場街以南之處），這塊區域正對著市場街以北的金融區，原本是舊金山的倉庫區；因不少工廠先後遷離市區，這些廢棄的倉庫區逐漸沒落，遂成為不良幫派聚眾鬧事之處。

一九八〇年代中期，舊金山市政府開始整頓這一區，先是蓋了不少公共建築，如有名的舊金山現代美術館、會議中心等，但這些官方行動並未帶動蘇馬區的繁榮，入夜後，這一區仍然冷冷清清。直到八〇年代末期，一些藝術家開始租用這裡的倉庫作為繪畫、雕塑、攝影的工作室，一些付不起市中心高昂房租的新餐館也開始聚集，再加上Techno（電子）音樂的流行，大型的舞場再度成為夜生活的主戲，一時之間，蘇馬區一家一家新潮、充滿奇觀的舞場相繼開幕。從九〇年代開始，蘇馬區已經成為舊金山最罩（In）的流行文化中心。

位於十一街的「Oasis」（綠洲），場地中央有一個大游泳池覆蓋著透明樹脂玻璃做成的舞池（名符其實的「池」）。燈火打在游泳池裡閃閃發光，水的反光在跳舞的人身上流洩著，每個人都變成一尾尾熱帶魚一般，很過癮的視覺經驗。

在第六街和富爾松街（Folsom St.）交口的「The 15 Folsom」，是由一個大倉庫改建成的三層舞池，擠滿城裡最時髦的人群，這裡有巴西嘉年華會的氣氛。星期五晚上由馬丁尼俱樂部舉辦，是城裡最一票難求的狂歡舞會，常有各種奇觀上演。星期六則是同性戀之夜，是觀看舊金山時髦、漂亮的同性戀者的最佳去處。

我認識一位日本女子叫珍珠（依照一九六〇年代嬉皮歌手珍妮絲・喬普林[Janis Joplin]的別號「Pearl」而取的名字），在舊金山的俱樂部演唱藍調，她是個典型的舞迷。她每週演唱三晚，剩下的四晚，幾乎天天到蘇馬區報到。蘇馬區一帶的舞場都知道她這號人物，由於她年輕時學過芭蕾舞，有個跳舞的好架子，再加上一頭及腰的長髮，在舞池扭轉飛舞起來時，活像一隻千變萬化的黑孔雀，十分搶眼。

珍珠有個奇特的身世，她的父親是東京銀行的高級主管，母親則是早稻田大學的教授，良好的家世使得珍珠從小學芭蕾、古典鋼琴，過著都是標準好人家的古典主義式生活。進入大學後，她在長輩的介紹下認識了同校的醫科應屆畢業生，對方也出身世家，也會拉小提琴，兩人十分門當戶對。珍珠的人生似乎就即將這樣順順利利地過下去了。

但有時人的生命充滿不可預測的變化。就在珍珠畢業前夕，她在一群女同學的鼓舞下，大夥一起到六本木一家著名的爵士舞廳去冒險，這家舞廳以撮合日本女人和黑人的艷遇出名。當時正是專門描寫和黑人談戀愛的日本女作家山田詠美小說風行一時的年代；山田詠美的「黑色戀愛觀」，成為日本年輕女性最狂野的「Fantasy」（幻想）。

珍珠怎麼也沒想到，原本只是想去觀察別人冒險的她，卻變成小說中的女主角。她在舞池中，遇到從舊金山來東京參與演出的黑人爵士樂手查理；在朋友的慫恿下，她和他一起跳了幾支舞。當對方巧克力色的大手在她背後上下盤旋時，珍珠就知道自己完了；當天晚上，她沒有回家，這是她第一次夜不歸營。

畢了業的她，不顧家人的反對，和男友分手，堅持要到舊金山留學，當然，其實是來找查理。她和查理同居在一起，並學習演唱藍調，她的父母來過舊金山幾次，傷心欲絕地想勸她回日本不果，最後斷絕她的經濟支援。珍珠於是離開舊金山大學，當時，她也發現自己懷了身孕。就在她生下混血的小女孩後，她的查理卻因為和黑人幫派鬥毆，殺了人，被關進牢裡。為了養活自己和小孩，珍珠開始在日本人開的俱樂部中演唱爵士樂，一邊等著查理出獄。但不幸的是，她一歲多的女兒卻因先天心臟受損而早夭，珍珠又變成孤孤單單的一個人。

一個人迷失在異鄉的珍珠，失去了愛人，也失去孩子。白天她都待在家中，一個人過日子；晚上則像個遊魂一樣，遊盪於日本的俱樂部和蘇馬區的舞池之間。有一次，她在俱樂部演唱著〈藍月〉時，赫然發現她過去在東京的醫生男友正坐在觀眾席上；他向她介紹了新婚的妻子，他們一起來舊金山度蜜月，珍珠在那個男的眼中看到很深的憐憫和迷惑。

我問過珍珠，為什麼不回日本去？她說日本已經沒有她的生存空間了，更何況她還等著查理出獄。她說她已經習慣舊金山的生活，雖然她擁有的東西不多，但比起許多日本女人而言，她至少擁有屬於自我的自由，她珍惜這種自由的生活。

我本來就很少去蘇馬區，隔一兩年再去時，都沒再遇到珍珠。我們本來也不是多熟的朋友，只不過都是東方女孩，當珍珠需要有人聊聊時，我一直是個好聽眾。我一直沒想到她死了，直到Oasis的酒保告訴我說，那個常常和我聊天的日本女孩，有一晚在舞池中突然昏厥倒地，心臟麻痺而死。酒保說珍珠服用了太多的「Ecatasy」（台灣叫快樂丸）。也許是這個別名取壞了，珍珠的死法，竟然和喬普林（因海洛因過量致死）差不多。當晚，我難過得跳不下舞，我想著這位像黑孔雀一樣的日本女孩，她才二十七歲，卻在舊金山迷失了自己。

只為愛的願望

艾斯克先生的姓氏挺古怪，叫「Ask」，我忍不住問他來自何方。住在舊金山的人來自世界八方，果然艾斯克先生的家鄉是遙遠瑞典北方的小鎮；怪不得他有著一頭年過四十卻仍然閃閃發亮的金髮，以及一雙海水藍的眼眸。

艾斯克先生是我下榻旅館的經理，我天天和他打照面，慢慢就熟稔起來；見面時寒暄幾句，偶爾傍晚會一起去喝杯小酒，聊聊彼此的生命故事。

艾斯克談起他從瑞典來到舊金山的因緣。十九歲的他，在家鄉酒吧工作，認識了一位三十歲的美國女人，愛上了她。而因為心中以為女子也愛著他，他想都沒想這位美國女人已婚的身分，也不管兩人在年齡上的差距，當女子離開瑞典後，他就追隨她來到舊金山，痴心妄想等待他的所愛離婚。

艾斯克等了三年，他的所愛真的離了婚，卻不是嫁給他。但艾斯克先生已經愛上舊金山，他留了下來，從在旅館當門房開始，一邊半工半讀唸完大學。之後，他在旅館當櫃台服務，認識了一位從東京到舊金山旅行的女孩；日本女孩愛上他，為他留了下來，後來兩人就結了婚。

艾斯克先生在舊金山失去愛，也得到了愛。但他的愛卻未持續太久，日本妻子因為疾病的關係，早早離開了他。

在酒吧聽到這樣沉重的故事，真是令人心傷，難怪艾斯克先生的眼神常常顯得陰鬱。問他為什麼不回瑞典去，他說他回不去了，他已經習慣在舊金山當個異鄉人。

這使我想起了《金銀島》一書的作者、蘇格蘭作家史帝文生（Robert L. Stevenson）的故事。他也是個勇於追求愛情的人。他在故鄉愛丁堡遇見旅遊當地的美國已婚婦女芬妮・奧斯朋（Fanny Osbourne），在她返家時，史帝文生拋下一切，堅持跟她回去。他在舊金山浪跡了三年，只為等待芬妮實踐她的愛的諾言，而芬妮最後果真離婚和他在一起。日後當他們同遊薩摩亞時，史帝文生不幸命喪該處，芬妮仍然伴隨著他。

這兩個故事都不是結局快樂幸福的故事，都說明了人生的無常。幸好他們都曾在匆匆的光陰之中，擁有過愛情的剎那。

有一天，艾斯克先生告訴我堪稱傳奇人物的海倫老太太又來旅館住了。當天晚上，在旅館樓下的餐館，我看到這位七十五歲白髮蒼蒼的海倫老夫人；在她的餐桌上，擺放有兩人份的刀叉。雖然只有一人用餐，但我確實看到老太太拿起酒杯向另一端的無形空氣敬酒。

艾斯克先生告訴我，海倫老太太已經喪偶二十年，平日獨自居住在中西部的小鎮。但她每年都會固定做一件事，就是飛到舊金山度一個星期的假，而且住在同一間小旅館中。

海倫老夫人用這種方式來紀念她死去丈夫的逝世紀念日。她回到他們曾一起度過許多快樂時光的旅館，假裝還有個隱形的幽靈跟她一起用餐、一起坐電車、一起到漁人碼頭散步。

不知怎麼回事，海倫老夫人的故事讓我眼眶發熱。二十年，不算短的時光，如何可以築起這麼堅固的思念長城？我不敢問她：如此思念一個人，到底是幸還是不幸？

另一個世界槍響

每個城市都有一些自己的禁地，即使沒掛上「生人勿近」的牌子，但凡識途老馬者，都應該知道那些地方不宜出沒。我第一次聽到田德隆區（Tenderloin District）的大名，是第一次來舊金山時，剛好下榻在瓊斯街（Jones St.）和郵政街（Post St.）的交口；旅館的主人好意告訴我，入了夜後，可往旅館的上方走（再走兩個街口就是富人山丘）或往右方走（前往聯合廣場），左方也可，但千萬別往下方走，那裡是田德隆區，不安全。

我是個愛冒險的人，而且單槍匹馬征討過不少大城小鎮，見識不安全處多多，連紐約的布朗克斯區（Bronx）都夜闖過，還有什麼地方不能去！當天晚上離開旅館後，我就往下走。

田德隆區不大，前前後後十幾個街口是舊金山罪惡的淵藪，色情和販毒生意的大本營；滿街亮著七彩的霓虹燈，英文招牌閃閃發光，寫著：「曼谷浴池」、「巴西上空酒吧」、「俄羅斯艷舞」、「東京按摩」、「巴黎人妖秀」等等。流鶯在人行道上調情、拉客，販毒客鬼鬼祟祟在黑暗的街角巷底交易，我走了一圈，覺得沒什麼可怕，和漢堡、巴黎、阿姆斯特丹的紅燈區比起來，還算小兒科。

我才正準備轉回身，突然聽到一陣槍聲，街上的人都尖叫起來，有的人則趴在地上。我運氣好，立即逃進路邊的雜貨店內，再往窗外看，七、八個穿著花襯衫的男人在大街上狂奔，還有幾個人在後方窮追，兩邊都在開槍，而街上已經倒下了幾個人。天哪！我心想，真像拍電影，我像是又回到漢密特（Dashiell Hammett）筆下的偵探小說中舊金山的黑幫時代了。當一個個花襯衫男人從我眼前跑過，我看清楚他們的臉孔，都是黃種人，像來自東南亞一帶。

從第二天的報紙上，我才知道自己碰上田德隆區也少見的大血拼。從寮國、高棉來的黑幫分子，為了爭奪收保護費的地盤而起衝突，他們砸了兩家不聽話的夜窟，有好幾個人被槍殺。

當晚，等警車趕到、封鎖現場、風平浪靜後，我已經在雜貨店內吃了兩支雪糕，看了三本雜誌，還買了一聯五張的樂透券——畢竟不是天天都會碰上大血拼。（我真的中了最小獎，把花掉的五元又賺回來！）

後來再去舊金山，就沒在夜裡上過田德隆區，但白天常常經過這一區。在舊金山市區裡，要想不走入這塊禁地，還真不容易；這裡幾乎就緊鄰著聯合廣場區的邊緣，像五星級的希爾頓飯店的位址就連在田德隆區的邊上，附近還有一些X級的色情小戲院和活春宮秀。這塊禁地永遠是忽大忽小的，隨著經濟景氣而變化。通常景氣不好時，地產不振，就會空出一些店面出來，轉租給賺錢容易的色情行業。

白天的田德隆區充滿了遊民，有的流浪漢躺在路邊，半睡半醒曬太陽，有的推著撿來的購物推車在垃圾桶裡尋寶；過氣蒼老的妓女，睜著無神的雙眼在街角發呆，不時呢喃幾句拉客的台詞；犯毒癮的街頭混混坐在人行道上打呵欠，一邊跟路人要零錢；宿醉未醒的酒鬼還蜷縮睡在廢棄的舊倉庫前。空氣中布滿灰塵，路邊垃圾滿地，這裡是都市的荒原，離聯合廣場只有五分鐘步程的「另一個世界」。

我穿梭遊走在聯合廣場和田德隆區之間，這也是做過客的自由，沒有特定的身分，可以觀察兩個世界的人。奇怪的是，除了少數像我這樣的人之外，大部分的人都選定一個世界，不會到另外一邊去。

聯合廣場那裡的人不上田德隆區是怕不安全，而這邊的人呢？我問了一些流浪漢，為什麼不去人多一點的地方討錢？他們都不屑地撇撇嘴，說聯合廣場那裡太擠了，不舒服，而且警察會問東問西，不自由。就像動物一樣，人選定了他的疆域，白天彼此互不相干，可是，晚上一到，田德隆區的流浪漢、醉鬼、妓女還是留在這裡，但卻有不少聯合廣場那邊的人潛入田德隆區，有的來消費性，有的來消費毒品。白天的都市荒原變成夜晚的尋歡樂園，這正是禁地存在的理由，為那些摒棄它們的都市提供黑暗的歡樂。

身分的罪與罰

一九九四年，我在匈牙利的首都布達佩斯認識了Rugi，我們住在同一棟出租公寓中。起先，我以為他是日本旅客，跟我一樣著迷於變遷中的布達佩斯，長期待在這個城市中探險。

見面多了，開始交談時，我才知道他來自舊金山，是第四代的日本移民，但是完全不會日文，沒去過日本，對日本文化的了解比台灣出生的我還少很多。Rugi畢業於舊金山大學的新聞系，畢業後想離開美國，看到一則人事廣告，於是應徵到布達佩斯幫一家美國公司編英文報紙。

有一次，我們一起喝咖啡，我好奇地問他為什麼他的家人都不教他關於日本的一切。美國的中國移民、猶太移民、義大利移民等的後代，都盡量要小孩變成雙語人，保持雙重的文化認同。他回答我，因為這些移民都沒在美國待過拘留營。

他說，在珍珠港事件之後，美國的仇日情緒達到巔峰，各地的日本人（最多的是在夏威夷和舊金山）都被驅逐離開自己的家園，隔離到特設的集中營內。當時Rugi的父親是個六歲的小男孩，而他的父母已經是第二代的日本移民，在舊金山的日本城內工作。當隔離行動開始時，他的父母得到唐人街中一對林姓中國夫婦的幫忙，躲在唐人街工作，假裝自己是中國人，還改名姓林。直到有一天，這個小男孩和母親在街上散步，因為小男孩對著母親說日語，他們的身分因此曝光，全家於是關進拘留營，小男孩的父母也病死在拘留營中。

從此，這個小男孩就不肯說日文了。他仍然使用借來的姓，長大後，迎娶另一位也不會說日文的日裔女孩。他們仍然選擇住在舊金山的日本城裡，但是他們從來不曾在家中說日文或討論日本的事。

Rugi說，他的父母是被剝奪認同的一代，而他自己則是徹底喪失認同的一代。他說，他們家並不特別，也不是孤立的例子，太多日裔在二次大戰中拋棄了日本姓，改成中國姓，以避人耳目。拋棄自己母語的人也不少，他們努力地想當一個沒有認同的人，只因為他們的認同曾經讓他們受苦、受辱。

我說，這和猶太人很不同；猶太人也進過集中營，但他們更努力保存自己的認同。Rugi看著我，他說：「我們和猶太人是不同的，猶太人相信是德國人的罪讓他們受苦，可是這些日裔美國人卻認為自己有罪，因為他們的祖國是發動戰爭的人。」Rugi說，他了解他的父母，他們被迫剝奪了認同的同時，也逃脫了他們的罪惡感。

兩年後，我在舊金山又見到Rugi，他的工作合同到期，於是他回到他所出生的城市。我去拜訪他和他的家人，他們住在日本城中一棟乾淨、高尚的三樓木造公寓內，家裡竟然還有榻榻米，收拾得纖塵不染，就像今日大部分的日本家庭一樣。他們留我用晚餐，我們吃了壽司和炸蝦。飯後，我和Rugi離開，我們在費爾莫街（Fillmore St.）上找了一家酒吧喝啤酒。我告訴Rugi，對我而言，他們還是像極了日本人，他們並未拋棄他們的食物和居家習慣。

坐在費爾莫街上的酒吧裡，看著街上來來往往的行人，其中有不少的非洲裔美國人。知道日本城歷史的人就會知道，在二次大戰前，費爾莫街是日本城的主要商業街，大街的兩旁都是日裔移民的住家。當這些日裔移民被關進拘留營時，也等於是被迫放棄一切；他們不被允許保留住屋，或帶走什麼家具，所有物品通通棄在身後。當時的日本城是死城，只有一些非洲裔的移民陸續搬進來，占據這些沒有主人的家。

大戰後，這些流離失所的日裔人士又開始辛勤工作，發願要買回他們所喪失的一切。他們慢慢地買，終於買回昔日近四分之一的日本城，其他的地方還是非裔美國人的居住地，也有了自己的名稱叫「Western Addition」（外西區）。

今日的日本城和Western Addiction是兩個世界，日本城非常乾淨、整齊、有秩序，而且治安良好，而Western Addiction則與這一切相反。這些有罪的日本人用他們的方式再度證明了他們的優越性。

在和Rugi道別前，他告訴我，他接受了另一份工作，這一回他要去東京工作。真有趣，我問：「你要學日文嗎？」他說：「可能會。」我說交個日本女朋友，可以交換學語文。

一年多之後，我收到Rugi的明信片，他果然交了個日本女朋友，而且準備結婚，婚後他們會回到美國。最後他寫道：「如果有一天，我有了小孩，我會希望我們家族中的第五代移民，能夠重新學習日語並擁有他們的文化認同。」我想Rugi的願望終會實現。

滎姨自午寐醒來

滎姨是我的長輩，每次我到舊金山，她都希望我住她那裡，但我卻寧可付房錢租屋住。原因我不敢告訴她，因為我每次到她家，都覺得像住進金絲雀籠一般。

滎姨在舊金山的生活真是單調，我每次盡義務去拜訪她時，都忍不住勸她回香港。她在香港有熟悉的生活、朋友圈，何苦一個人寂寂寞寞在舊金山過日子?但榮姨總猶豫著，說她們這一代的人，逃過共產黨的難，實在不想在香港給中國收回後，還要留在香港。

榮姨的故事，其實反映不少老一輩才飄泊海外的移民處境，像洛杉磯也有不少六、七十歲才去定居的華人，都過著十分封閉的生活。雖然人住在美國，但和美國社會的互動很少，而與台灣、香港社會的互動，也只能間接透過報章、雜誌、電視，榮姨的故事只是其中一個代表。

一九四九年時，榮姨還是個小姑娘榮小姐，跟著做紡織的父母從上海避戰亂來到香港。他們一家還算走得早，雖然房產都來不及脫手，但手上的金條珠寶細軟總有一些。他們一家先在九龍塘找了個暫時棲身之處，她父親隨即和別的上海幫合作開紡織廠，再投資香港房地產。四十年下來，榮家愈來愈發達，在香港的房子也愈住愈高，最後住到太平山的山頂別墅。

榮小姐曾嫁過人，當過一陣子何太，但丈夫英年早逝，身為獨生女的她，繼承了偌大的家業，索性又改回本家的姓。而年紀大了，不明白的人開始叫她榮姨，她也懶得糾正，就以榮姨自居。

中年之後，父母相繼過身，怕寂寞的她，收養一兒一女，全都跟著她姓，也算替榮家留了後代。榮公子、榮千金在香港唸完中學後，都送到美國留學，一個唸法律，一個唸會計，都算出人頭地。

一九八九年天安門事件之後，榮姨對香港的局勢十分惶恐，兒時父母逃離的景象又浮現在她眼前。這回榮姨有的是時間，她處理掉山頂的豪宅，雖然脫手的價錢並不好，也賣掉手上的其他地產、紡織廠、股票等，聽從子女的建議，搬到號稱是「美國小香港」的舊金山。

舊金山市和香港本島真有不少相似之處，一樣是天然深水港，都有高高低低的山丘。入夜後，高樓大廈燈火燦爛，電車叮噹滿街跑，再加上唐人街上的廣東商家，這一切都和香港十分相像。榮姨回憶她這一生的遷離，她還算是幸運的，當初從上海到香港，香港的繁榮和英式生活情調並未和上海差太遠，今日的舊金山又彷彿香港的另一個反影。

跟在香港一樣，在舊金山要住得好，就要住得高。富人山丘太靠近市區，而附近又太多大旅館，又是地震帶中心，所以榮姨選擇另一個高級的生活圈「太平洋高地」（Pacific Heights）。這裡早期曾是舊金山的牧場區，大地震過後，不少有錢富豪搬離市中心來到這一帶廣蓋華宅，如今還留下不少宏偉的維多利亞式深宅大院。後來地價愈來愈高，這裡蓋起不少共管公寓，提供會員式的住宅服務。在幾十年前，每棟大廈就有自己的健身房、網球場、游泳池、圖書館等設施。

在舊金山，除了本地的世家之外，能出手拿兩百萬美金買下一戶百來坪華廈的人，常常是香港人士。榮姨的獨戶公寓坐落在大樓的頂層，透明大扇玻璃窗外可遠眺太平洋，景色如同香港的山頂一般，只是望著太平洋不同的方向。室內的陳設也和在香港時差不多，整套的黃梨木明式家具飄洋過海小心運來，加上各式的明清瓷器和字畫，榮姨的新家幾乎是舊家的翻版。

榮姨在舊金山的朋友不多。這裡的華人和香港人也不同，似乎對飲宴應酬的興趣淡得多，除了特殊的日子到唐人街的會所參加一些慈善、文化活動露露面外，平常可做之事並不太多。

榮姨的一天常常是這樣過的：每天起早後，吃完新近請的上海女僕準備的滬式早餐（生煎包、油豆腐細粉）之後，榮姨在住家附近的拉法葉公園散散步，回家洗個澡，換身衣服，坐上司機開的積架車入城，這裡入城只需十多分鐘。榮姨常去的地方不外幾處：到第五街沙克百貨公司買買衣服，或到著名的「Gump's」精品店看看珠寶或古董。中午，榮姨經常在附近大飯店的咖啡座，用個簡單的午餐，飯後就回住處睡午覺。而醒來時，多半都已經太陽西下。

榮姨臥室的窗前正好對著落日的方向，火紅的太陽帶著萬丈的霞光落入大洋之中，這是榮姨一天之中最感消沉和寂寞的時候。她的養子養女都各有自己的家庭，住得地方離城裡又遠，平均一個月才能來探望高堂一次。平常的日子都是她一個人過，這裡又不像香港，想打個小牌也找不到搭子。而左鄰右舍住的又都是不愛理人的舊金山世家，在他們眼中，香港來的富家根本排不上他們的交際圈。

有的時候，榮姨會想起她的父母，即使在香港待了二十多年後，卻還常在抱怨香港廣東佬的風俗和上海人不同。她的父母從未真正融入當地廣東人的生活圈，來往的親友、做生意的對象似乎總離不開那批上海幫。對她父母而言，香港一直是借住的地方，而他們是永遠的外鄉人。榮姨初到香港時，年紀還小，十多歲的她很容易就把香港當成家，慢慢就忘了上海。除了受家庭影響，因而慣說上海話及慣吃上海菜和西餐外（上海人比廣東人愛吃西餐多了），她有不少生活習慣都已香港化。她一直不明白為什麼父母老忘不掉上海，老記掛著從前的一切。

一個人待在太平洋高地的榮姨，終於明白她父母的心情，年紀大時，做個外鄉人真不容易。每天望著窗外的美景，再美的風景也有看膩的一天，她才六十多歲，難道未來的十幾二十年都要這樣過下去嗎？

一九九五年的冬天，拿到美國公民的榮姨，像許多「護照族」的香港人一樣回流香港。而香港的地產也因這批新買屋者而更加飆漲。昔日賣掉的山頂別墅現在已經翻漲四倍多，但榮姨已經無暇懊惱這一切了。她坐在香港的文華酒店的咖啡座上，看著往來熟悉的面貌，回想自己一個人孤孤單單坐在舊金山宮殿酒店中的情景。對榮姨而言，回家真好，她才不想管兩年後到底是什麼人統治香港，她希望自己的美國護照永遠別派上用場。

在街上遇見鄉愁

唐人街牌樓前有一條街叫「灌木街」（Bush St.），舊金山的老居民對這條街有個暱稱，叫「小法國街」。這條街以法國風出名，有家專賣法文報紙、雜誌、香菸、小禮品和咖啡的巴黎式咖啡館。

我的法國朋友皮耶只要在城裡，每天都上那裡吃巴黎人早餐——橘子汁、新鮮可頌、牛奶咖啡。每天一樣的東西，家裡吃不一樣？可不行，只有上

「Le Café de la Presse」（新聞咖啡館），他們才覺得像回到了巴黎。可是他們是「逃離」巴黎的。我的這兩位法國朋友，一個做織品設計，一個是半職業演員（另一半職業是在教法文）。做織品設計的是家世很好的小布爾喬亞，在結婚十多年、育有一兒一女後，才承認了自己的性取向。在不見容於他的家庭和社交圈，於是帶著自己的新性別認同和新愛人躲到舊金山，每天的巴黎人早餐變成了他們的晨彌撒。

如果想望望真正的法國彌撒，咖啡館對面不遠處的天主教聖心教堂，可以聽到法文彌撒。創立教堂的元老中，有不少是加拿大魁北克區的法裔保皇黨徒，因不滿魁北克併入加拿大英屬聯邦，被迫要效忠英皇，而自願放逐到舊金山。這些保皇人士永遠不會忘記英法百年戰爭的，但和英國打過獨立戰爭的美國，即使也說英語，卻是個聯盟國。

教堂旁有家十分知名的高級法國餐館「馬沙」（Masa's），餐館是以主廚兼老闆的日本人來命名；這個日本人在巴黎學了一手新派法國菜廚藝。這種新派法國菜的發明，本來就和日本料理的美學很有淵源，所以日本人學好一手法國菜，一點都不奇怪。這家餐館自開幕後，就大大成功，直追灌木街上另一家法國菜權威老店「百合花徽」（Fleur de Lys）。

在一九八四年，這位成為舊金山名人的日本人，在自家的豪華公寓中被謀殺了。兇手一直沒找到，此事成為舊金山有名的懸案；經過這場打擊，這家餐館卻變得更為有名。我上馬沙吃過一次飯，整晚想著馬沙的幽靈是否偶爾會回到他心愛的餐館，悄悄低語謀殺他的兇手名字，但我什麼也沒聽到。晚飯後，我的朋友去隔鄰的聖心教堂參加晚禱，我還替馬沙點了一支白色的許願燭。

在灌木街靠近電纜車線交口旁，有家叫康乃爾（Cornell）的旅館。我曾在那裡住過一個半月，和經營旅館的一家人自然就熟稔起來。

旅館主人的老家在法國羅亞爾河河谷的奧爾良市（Orléans；聖女貞德曾在此城逐退英軍），三十多年前帶著太太、小女兒來舊金山尋夢。他和太太應徵在這家旅館做主廚和清潔女僕，辛苦工作多年後，碰上了一個機會——旅館的原老闆是高棉人，決定賣掉小旅館。於是他們向法國親戚借了些錢，再加上多年的積蓄，頂下這幢旅館。

尋夢的人擁有了自己的夢土，他們花了極多的心思改裝旅館，一間一間的客房布置都不同，放著他們四處收集來的法國鄉村式舊家具，每一層（共五層）的牆上都掛著不同畫家的複製畫，有竇嘉（Degas）、羅特列克、雷諾瓦、梵谷等人的畫作。地下室的法國餐館取了家鄉女英雄的名字「貞德」，還矗立著她的雕像。

旅館主人的小女兒，現在在柏克萊大學教授法國文學；週四晚上，她都會在旅館進門的小起居室裡舉行小型的讀書會。她的學生們加上一兩個好奇或有興趣的旅館客人，一起討論巴爾札克或莫泊桑。她是古典主義派，現代學派似乎不曾在她身上發生；她永遠穿著滾花邊、紗製的洋裝，就像法國一九三〇、四〇年代電影中的人物一般。

旅館主人的家人平日都還住在一樓的客房中。這一家人真不少，除了老先生、老太太、女兒和他們的大牧羊犬外，還加上在旅館幫忙的中國夫婦及小女兒。我住在旅館的第一個晚上，坐在起居室中看報，就聽到一個小女孩在接待室中唱法國童謠，我還以為是個法國小女兒，去和她打招呼時，才知道是個中國小女孩。

她父母在天安門事件後，從上海出來，母親會說英文和法文，在這裡找到工作，幫忙接待客人，父親則在廚房幫忙。旅館主人很喜歡這個小女孩，把她當孫女看待；從兩歲就住進旅館的她，在上小學前，母語成了上海話和法語。

灌木街再往下走，過了百合花徽餐館，就是法國語言中心，我的朋友就在那裡教法文。那兒不時可以聽到法文演講，也經常放映法國電影。語言中心附近有個小午餐店，專賣各式的法國式棍子三明治；我經常和朋友相約在這家店見面聊天，而左鄰右桌的人都在講法文，有時一分神，都忘了自己身在舊金山。

每個城市都有一些自己的小殖民地，大一點的就說中國城、日本城，小一點的就叫猶太區、愛爾蘭區，再小一點的只能叫法國街、丹麥街。這些地盤，都象徵著一代一代的移民努力維持原有的文化認同和記憶。

對旅行的人而言，在不同的文化空間中轉換，本來就是旅行的主要樂趣之一，而這份樂趣有時並不需要跑太遠。

在某些城市裡，總有一些地方會讓人暫時忘掉原來的空間。我在巴黎總是換好幾趟地鐵，上十三區吃中國菜，就跟我的法國朋友堅持要上Le Café de la Presse吃早餐一樣，都是一種旅行者的儀式。流浪和鄉愁本來就是一體的兩面，不流浪的人哪裡真正知道鄉愁的滋味。而我也是在旅行了十多年後，才變得愈來愈愛吃中國菜。

變裝的決定

剛抵達舊金山，我就打電話給法國友人皮耶，電話裡他說見面時會給我個驚奇。

我在聯合廣場旁的葡萄酒吧等他，等了一會兒不見人影，我正打算打電話，就看見有位濃妝艷抹的金髮女人，站在我面前向我眨眼睛。我看著她，她說：「認不出我來了嗎？」天哪！原來是皮耶。

我本來就知道皮耶在同志中，是屬於女性認同的（但並非所有的同志都有娘娘腔的問題，有的同志非常陽剛），但從未見他穿女裝。

皮耶坐下來，我問他：「這是偶一為之，還是決定要做變裝者了？」

舊金山十多萬的同志人口中，有不少的變裝者（Cross-dresser）。在這些人當中，有的穿著跟一般女性無異，也穿保守的套裝裙子或花裙。然而也有一些比例的變裝者喜歡花枝招展，打扮得如同扮裝皇后（Drag Queen）一般。皮耶就是一副扮裝皇后的打扮，完全是芭比娃娃的行頭。

皮耶笑著說：「我已經習慣這樣打扮了，我不穿男裝已經一年多。」

之後皮耶告訴我，他的精神科醫生建議他可以先變裝一陣子，再慎重決定要不要變性。因為變性不只是身體的改變，也是社會角色及文化身分的改變；先穿女裝，可以先體驗社會及文化改變的壓力。

「真的決定了？是不是想嫁人了？」我問。

皮耶點點頭。他說起兩年前遇到的情人保羅；保羅屬於某種男人，可以跟男人在一起，卻希望他的男人不僅個性要像女人，連長相都要像女人才好。但皮耶也不是特別為保羅才想變性，只是保羅的出現，增強了他內在本來就有的渴望。皮耶曾告訴我，他從小就愛穿女裝，也認同自己是女孩，但青春期後壓抑自己的天性，還跟青梅竹馬的女同學結了婚。婚後他才發現自己徹底錯了，才跟一個「野男人」逃到舊金山。

皮耶家很有錢，他的姓氏一聽就知道來自里昂古老紡織世家，因此皮耶在舊金山很容易就找到織品設計的工作，他的法國式織品美感很受客戶的歡迎。但皮耶的感情生活一直不穩定，從法國一起來的男伴，很快就看上舊金山一大堆年輕貌美的同志。而皮耶自己也結交了一些男友，卻始終固定不下來。皮耶是巨蟹座，一直想有個家、有個丈夫，但在舊金山十多萬的同志中，他的良人卻一直沒有出現。

我沒見過保羅，不知道他是否可靠。而皮耶想要變性，可是一樁大事件，我雖然贊成人有變性的權利（理論上），但我看過一些變性後適應不良的悲劇。皮耶是我的好友，而我們對家人與好友常常會有雙重標準。

我不免婆婆媽媽起來，我說：「皮耶，你可要慎重考慮。里昂那裡的親人，你打算怎麼辦？」

皮耶住在舊金山後，只偶爾回回里昂，並沒有讓他的家人知道他出櫃的事實，雖然他的前妻、親友都可以猜出是怎麼一回事。法國人跟中國人的想法有點相仿，可以客客氣氣不拆穿真相，但變性後就不同了，屆時皮耶完全無法隱藏起來。

「我的精神科醫生建議我，如果要變性，應當先穿女裝回里昂面對我的家人、朋友，去接受現實，而不要再逃避。他說，一直逃避，對我的人格整合也不好；我的情感生活之所以問題層出不窮，和我不能面對自我有關。他說，不懂得愛自己的人，是沒有人會真正愛上他的。」

皮耶的精神科醫生聽起來挺負責的，不像有些醫生只管傾聽，不願意給求診的人太多建議。

「你會穿女裝回里昂嗎？」

皮耶喝了一口來自納帕（Napa）的夏多尼（Chardonnay）白酒，沉默了一會。「我還在猶豫，但我也明白，如果我連這樣都不敢，那還變什麼性？」

後來皮耶回里昂時，我剛好人在巴黎，跟他約了在巴黎塞納河左岸的彩色盤咖啡店見面。皮耶還是穿女裝出現，但打扮沒那麼芭比娃娃了。因為這樣的打扮方式，在舊金山不引人側目，但在巴黎恐怕就有些刺激，而如果在里昂一定更嚇人。

皮耶今天的穿著有一點Dior（迪奧）風，他說他恨透了這樣的打扮，但他決定為了他的布爾喬亞家人妥協一些。

「如何？」我單刀直入問重點。

皮耶嘆了口氣，先喝乾我點來的紅酒，才慢慢說：「我的家人哭成了一團，尤其是我媽媽；說我變成這個樣子，都是她的錯，誰叫她在我小的時候太寵我。」

不過法國家人和中國家人一樣，沒有清教徒那麼嚴厲的罪惡感，最後皮耶的家人還是接受了他，即使不情不願。皮耶終於跨出了一大步。但下一步呢？他並沒有告訴家人他的下一步就是去變性。

我也不想問那麼多了。當天晚上，我只想好好和皮耶慶祝他的家庭出櫃。我們來到蒙帕納斯大道上的圓頂餐館，叫了兩打生蠔和一瓶香檳盡情吃喝，暫時將皮耶未來的戰役擱在腦後。

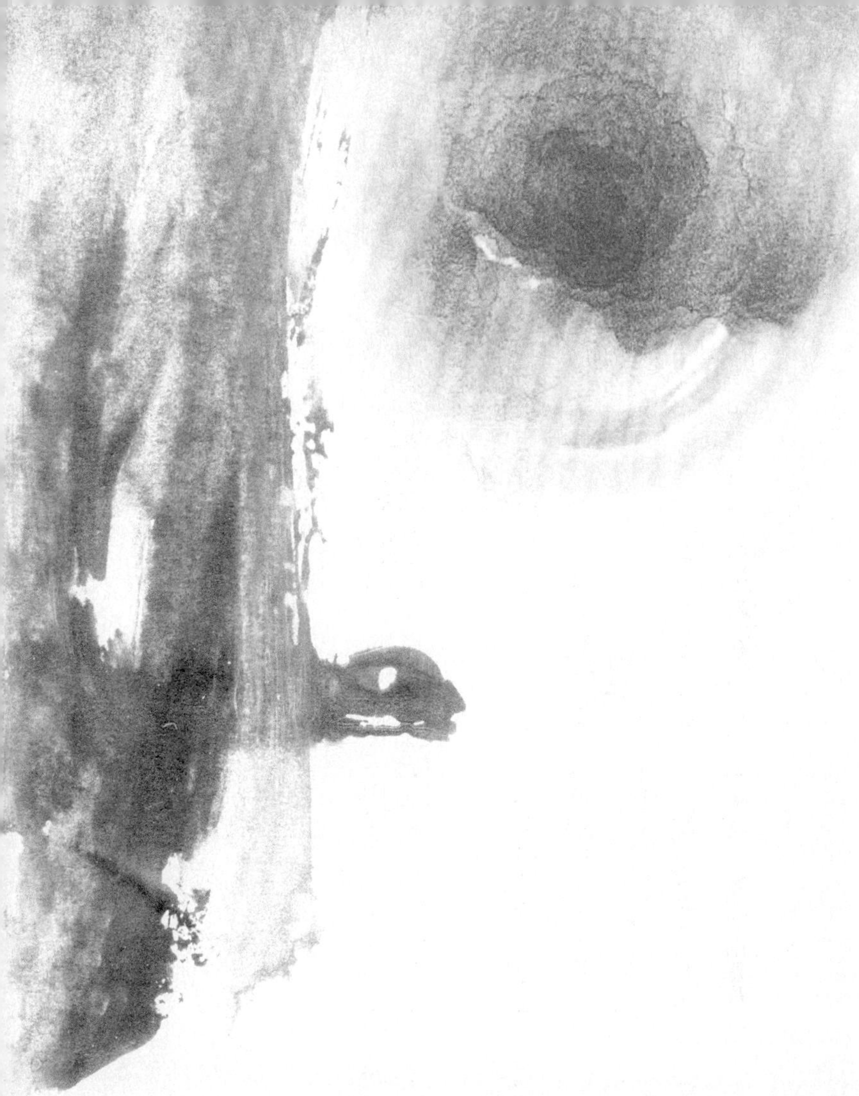

從此消失的麵包店

靠近太平洋的理其蒙區（Richmond District），潮濕多霧、海風大，並不太適合人居，卻是逝者安息的好地方，因此早年有不少墓園坐落於此。但隨著舊金山市的發展，原本稠密的市區建地不夠，於是打起死人的主意，地產發展商在這裡一排一排地蓋起房子，一區一區的墓園就往南邊較遠的科瑪區遷移。俄羅斯人、波蘭人、匈牙利人、愛爾蘭人、中國人的移民潮在二次大戰後更蜂湧而至，在這塊「濕地」上（「Richmond」的原意即指濕地）建立了他們的家園。

中國人其實是最晚來此定居的移民，卻發展成勢力最大的地頭龍，尤其是靠近金門公園那一端的基利大道（Geary Boulevard），已經形成舊金山的新中國城；三兩步就是中國餐館、南北雜貨店、港劇租片店、華文書報店等。

理其蒙區的房價本來不高，而這一帶的房子蓋得又沒特色，大多是四四方方的車庫或格子盒狀，不像不遠處的金門公園北邊的黑特—雅希布里區（Haight-Asbury）以風格化的維多利亞式洋房著稱。但華人帶來了地產的繁榮，把這一區的房價炒得比黑特區都高。

不少原本的東區居民因房價高漲就趁機脫手，而新買主多半只有華人才出得起這種價錢（或不介意房子的外觀，因大部分華人本來就喜歡年代較新的房子），使得落居這一區的俄羅斯人、波蘭人、匈牙利人逐漸變少。基利大道上本來以東歐的餐館、麵包店、咖啡館出名，現在能撐得下去的店家就屈指可數了。

在基利大道上開了近三十年麵包店的波蘭老太太，對這一區的興衰瞭若指掌。她的客人愈來愈少，除開一些遠道來光顧的老客人外，換了一批新面孔的街坊鄰居總是從她店前走過，走進斜對街的另一家「香港餅家」（Hong Kong Bakery）。

波蘭老太太常在想是不是把店給賣了，但又捨不得這份做了快三十年的工作。她和死去的老伴在這裡胼手胝足撐起這爿店，他們做的正宗波蘭式麵包、蛋糕遠近馳名，連《舊金山時事報》（San Francisco Chronicle）都介紹過。她雖然早已把舊金山當成家了，但是波蘭人是有名的念舊，她總忘不了在華沙的老家，每天做這些家鄉的麵包都能帶給她一種安慰。

這些話都是波蘭老太太安娜，以她那一口波蘭腔英語一點一點說給我聽的。有一陣子，我住在理其蒙區的朋友家，只要有空，每天下午都會晃進這家店裡，叫上一客我最愛吃的波蘭式芝麻糕餅，再點一杯奶茶，就站在櫃台旁，邊吃邊和安娜聊天。

第一次進安娜的店，剛好外面的芝麻餅賣完，我還賣弄一下在波蘭學的芝麻餅的波蘭文發音，問安娜：「還有餅嗎？」安娜一聽就樂了，立即從後面廚房端來剛做好的餅，還切了好一大塊給我，我們就這樣聊開來。

我說我去過波蘭，去過華沙、克拉科、查克潘尼（Zakopane）等地方，在那裡還有一些朋友；我說我喜歡吃波蘭菜、波蘭糕點，安娜一聽真是他鄉遇故知。要討好這些懷鄉心切的老太太最容易了，這些受過苦難的國家和民族的人，跟中國人一樣，喜歡聽人家稱讚關於他們祖國的一切，即使他們都已經離家幾十年，拿著美國公民的護照，卻還是跟人家說他是波蘭人、愛爾蘭人或中國人……

能有我這個固定客人，安娜覺得面子扳回不少。如果我愛吃她做的餅，表示也合華人的口味，為什麼別的華人都不上門呢？安娜跟我打聽過幾次商情，想聽聽我的意見。我也不好意思告訴她，我之所以常來捧場，是因為我反正不久就要回台灣，有的是機會吃華人式麵包或糕點；再說，除了在波蘭旅行時，我也很少有機會可以吃到像安娜做的這麼道地的波蘭糕點。但我心裡明白，這些看起來顏色暗淡、厚厚重重、老式鄉村口味的糕點，對華人的吸引力，當然比不上花俏的芋泥麵包、紅豆麵包、肉鬆麵包跟菠蘿麵包。

安娜只有一個獨生子，在東岸哥倫比亞大學唸書，暑假就要畢業了，準備回舊金山找工作。安娜常常跟我提起她的兒子，和提她怎麼做麵包的次數一樣多（我也抄寫下不少她的私人祕方）。六月中旬時，我終於看到她的兒子，長得還真有點像蕭邦，也彈一手好鋼琴。有天晚上，安娜宴請一些客人給兒子接風，我也去了，也看到他的華裔女朋友。

安娜本來也不知情，更不知道他兒子已經決定要結婚了。那個女孩是她兒子在哥大認識的，也住在理其蒙，但兩個人鄰居好多年，卻從不認識，反而在紐約碰上，還戀愛了。世界真小，更奇妙的是，這個女孩是安娜麵包店斜對街的香港餅家的小女兒。愛子心切的安娜，這回一點也不計較和香港餅家的前嫌了，她開開心心地接納她未來的媳婦。

過了幾天，我再去安娜的店，她告訴我，她終於下定決心把店脫手，再把賣房得到的錢資助她的獨子買新婚的住家。我心中不忍，再問安娜：「真捨得嗎？」我知道這些東歐的老太太們，像不少中國老太太一樣，活著只為了下一代。

就這樣，安娜收起麵包店，基利大道彷彿又少了一座東歐生活的紀念碑。後來，我每次經過安娜的店（如今新開一間華人式的西藥房），恍惚中，都會聞到安娜烘焙芝麻餅的香味。我懷念那個味道。不知道安娜現在想念老家時，是不是還會在家中烤上一塊餅？希望她的華裔媳婦捧她的場才好。

壁畫天空下

到機場來接我的司機卡洛斯，是個年輕的拉丁裔人士（Latino）。一等我上車坐定，就馬上自我介紹，說他不只是個司機，這工作只為了填飽肚皮，他真正的「工作」是——壁畫家。「喔，那你一定知道里維拉（Diego Rivera）了？」他一聽我提起里維拉，就更興奮了；大概他成日開車送往迎來，並不太容易遇上知道里維拉，並且知道里維拉和舊金山之間典故的人。

他告訴我，他和里維拉一樣，都是墨西哥人；而不同之處在於他出身貧困，不像里維拉出身墨西哥上層社會，但他熱愛壁畫的程度則和里維拉如出一轍。當年里維拉靠著替有錢的上層人士畫肖像，其所賺來的錢補貼他不賺錢的壁畫工作，就像他靠開車來支持他的熱情一樣。

聊著聊著，就抵達我下榻的旅館；下車前，我們約好週末去參觀他的街頭作品。

里維拉「曾是」近代墨西哥最出名的國際畫家，至少在他生前，他一直是最受矚目，也最受爭議的畫家兼名流。他不僅畫作出名，他的私生活（尤其是和女人的花邊事件）也出名，他和卡蘿（Frida Kahlo）結婚兩次的感情事件更是當年轟動的新聞。

當卡蘿遇見里維拉時，她才二十一歲，而當時里維拉已經四十一歲了；一個是事業有成的畫家，一個是剛剛在畫壇起步的年輕女畫家。卡蘿一生飽受病痛折磨，除了畫畫之外，其他的時間都躺在醫院的病床上；她的身體是上帝造的煉獄，她只活了四十六歲，而她的身體卻動過三十多次的手術。

里維拉女人不斷，他一直不是卡蘿忠實的丈夫，卻是她忠實的藝術贊助者。他鼓勵並支持她畫畫，雖然她的畫作一直只有一個永恆的主題，即她自己。卡蘿大概是繪畫史上最自戀的畫家，但就是因為這種勇敢地面對生命病痛以及堅持自我表達的意志，使她成為一九七〇年代後女性主義運動中的「勇敢女人」象徵。

命運是奇怪的，里維拉在世時盛名一時，卡蘿只是他身旁那個有才氣的女人，但在兩個人死後，卡蘿的名氣卻扶搖直上。尤其在一九九〇年代，知道卡蘿的人可能更甚過里維拉（尤其因為瑪丹娜是她作品的忠實收藏家），里維拉反而成為卡蘿那個不忠實的丈夫了。

但比較他們的高下是無意義的，因為他們根本是不同類型的藝術家；卡蘿只畫自己，而里維拉是社會魔幻寫實畫家，他的主題涵蓋了他在世時墨西哥的社會、政治、經濟等的真相及衝突，但他提昇這些物質世界的事件，進入到一個神話世界的象徵之中。

因此，里維拉最好的作品都是他的壁畫作品，因為作品本身展示在公共空間中，其和空間中的人物、事件、地點形成獨特的互動、對話。這種作品是無法被私人收藏家炒作的，這也是里維拉為什麼喜愛壁畫甚於畫布上的繪畫作品的原因。

里維拉的主要壁畫作品當然是在墨西哥。但在一九三一年，他帶著卡蘿移居舊金山，在舊金山期間創作了幾幅壁畫。他為舊金山證券交易所製作的壁畫，還曾引起他在墨西哥的共產主義同志的大肆撻伐，批評他把靈魂賣給資本主義象徵的證券交易所。

他在舊金山最出名的壁畫，是他為一九四〇年舊金山萬國博覽會所創作的美洲壁畫。壁畫中包含了北美洲及南美洲的對比，北美洲的景象是泳池旁身著泳衣的有閒階級，南美洲則是從事手工藝的勞工階級。這個於一九四〇年所揭示的社會現象，至今仍然決定了南、北美洲的共存關係。

就像開車接我的司機卡洛斯一樣，一波一波合法或非法的中、南美洲拉丁裔移民，都來到美國尋找他們的美洲夢。而他們的夢想多半也不過是找個園丁、打掃、送貨司機之類的工作，然後安身立命，培育下一代，永不回歸令他們傷心失望、挫敗的故土。

在舊金山，大部分的拉丁裔都居住在教會區（Mission District）一帶，所以當地人常常稱呼教會區是拉丁裔聚落（Latino Ghetto）。有趣的是，這個地方在一八三四年被墨西哥共和國占用過，經過一百多年後，來自墨西哥、中美洲、南美洲的這些拉丁裔又再次索回了這塊土地。

由於這些拉丁裔大都是貧困的移民，因此教會區的房價一直不高。許多追求低廉租金的藝術家和社會邊緣人，也選擇來這個地方安頓，像女同性戀社區就選在教會區的瓦倫西亞街上。

其實教會區在自然環境上是舊金山城內最適合居住的地方，這裡曾經是阿爾塔莫印地安聚落的遺址。印地安人深懂自然環境，這個地區可以躲避海灣大風及山谷的濃霧，也是舊金山市內唯一不會被濃霧封鎖的地區。當舊金山城裡不少有錢人社區飽受濃霧濕氣之苦時，他們才會明瞭上帝常常以意想不到的方式賜福給窮人。

週末一到，卡洛斯出現時，一旁還帶著他的母親。因為他平常沒時間陪媽媽，今天休假，他的拉丁感情不能讓他丟下媽媽不管。拉丁媽媽很熱情，一見了我，就大力擁抱我，嘰哩呱拉用一口破英語說我圍著的、在印度買的鏤金圍巾很好看。卡洛斯已經安排好行程，他先帶我去看一些出名的壁畫。

據統計，舊金山市內有四百多幅街頭壁畫，主要集中在教會區內。壁畫是歐洲的古老傳統，自中古世紀以來，一直以宗教訴求為主；但自從一九三〇年代開始，由於中、南美洲風起雲湧的社會革命，使得不少藝術家以壁畫來表達他們的社會、政治訴求。

這個傳統被里維拉帶到舊金山。而從一九七〇年代開始，大量的中、南美洲移民湧入舊金山；在這些人之中，有不少是被祖國壓迫或驅逐的藝術家及社會運動家，因此，當時教會區內建築物的牆壁或正面，就湧現了不少政治壁畫作品。

進入一九八〇年代末期，中、南美洲的社會動亂已告一段落。許多新一代的壁畫家當年來美國時都是小孩子，他們不再關心祖國的政治了，取而代之的是，他們自己的認同問題與他們的愛、家庭的回憶，以及他們私人的渴望和挫折。

卡洛斯先帶我到教會街的美洲銀行大樓內部，看有名的「種族意識歷史」壁畫。這幅壁畫創作於一九七四年，主要描繪當時教會區內拉丁美洲人的日常生活；這些看似平凡的日常瑣碎活動，經過了壁畫的處理，卻成為教會區內這些拉丁美洲人共同的認同基礎，也就是他們文化的根。

芳香巷是一條小巷子，位於二十四街和卡普街（Capp St.）之間，巷內有不少壁畫作品：「回憶賈拉」是關於被處決的親人的追思；「聲援尼加拉瓜」是尼僑支持國內的抗暴運動。

在二十四街和凡尼斯大道（Van Ness Avenue）上的「新世界金色冥想」，是一幅拉丁裔對美國夢土的追尋和失落。但這個追尋永不會停止，即使夢土並未實現所有的允諾，卻仍然勝過他們離棄的祖國荒原。

看過這些有名的壁畫後，卡洛斯帶我去看他的壁畫作品。他主要的作品都在他自家的牆壁及後院中，還有他家附近的巷道木板牆上。卡洛斯的母親是單親媽媽，他的父親死在墨西哥的監獄中。卡洛斯在家屋的外牆上，畫了一個飛在天上的半人半獸的怪像，人臉是他的父親，怪獸的雙翼下分別藏著他和母親的身影；這幅畫已經說明他對父親的嚮往、對安全感的渴望。藝術是補償，跟做夢一樣。

卡洛斯畫得還可以，但他顯然不是天才。他可能不會成為里維拉，可是他的夢是有價值的。他對壁畫的熱情和夢想，使他能夠忍受司機工作的單調、重複與無聊。

當天晚上，卡洛斯的媽媽親自下廚，請我吃了一頓墨西哥的家鄉菜。他媽媽的手藝是一流的，他們來自育肯山區，是墨西哥講究美食的區域，這些家鄉菜可大大不同於一般餐館的速食墨西哥料理。

離開他們家時，我把圍著的圍巾送給卡洛斯的媽媽，並答應他們，下回我來拜訪時，請他們吃我做的道地上海菜。這可和他們在中國外賣店吃的雜燴完全不同，希望他們也會喜歡。

輯二

城市發光

以大麻遁世

尼克告訴我，舊金山市政府的黑人市長威利・布朗（Willie Brown）剛上任時，就決定比照阿姆斯特丹的辦法，讓軟性毒品（如大麻）合法化。反正連當時的美國總統柯林頓都承認年輕時抽過大麻，市長說，何不把警力用在抓真正的烈性毒品販賣，而放大麻吸食者一條生路。

新開張的「大麻廚房」就設立在市政府附近，靠近歌劇院旁的凡尼斯大道上。第一天開放時，擠滿愛看熱鬧的人群，但真正去領大麻的人反而很少。一位老嬉皮登記第一號，他領了大麻出來，就站在門口吞雲吐霧起來，並告訴拍照的記者說，他終於以身為舊金山的市民為榮；他還舉起老嬉皮的著名標誌，手指成「V」狀，大叫了一聲「Love & Peace」。圍觀的人都鼓起掌來。

美國愛做秀的人真多，第二位進去的是一對年輕的戀人，兩個人出來後，就面對群眾當場擁吻，還發表演說。男的說，大麻和性比政客和軍火買賣要誠實乾淨多了；女的說，今天是她的「烏斯塔克音樂節」（Woodstock Festival；指一九六〇年代時有名的嬉皮運動高潮），大家都笑了。

尼克也進去領了些貨。我們漫步到附近的公共圖書館，半躺在石階上，一邊捲菸，一邊聊著彼此的近況。我和尼克是在尼泊爾認識的，他是一個老「花童」（Flower Children），十多歲時，就參加過舊金山有名的「愛的夏天」（Summer of Love）活動。

他從柏克萊大學畢業後，前往尼泊爾首都加德滿都，在那裡游手好閒，偶爾教教英文，大部分時間都在吞雲吐霧，過著以大麻遁世的生活。那裡生活費便宜，這些來自西方的嬉皮聚集在加德滿都愈來愈多，每個月花不到十美元就有吃有住；後來尼泊爾國王看不下去，開始驅逐這幫「西方寄生蟲」，不少嬉皮還是不走，只好避風頭到尼泊爾的湖區波卡拉（Pokhara）去。

尼克在波卡拉湖邊頂下一爿小店，一個只有幾坪大的木板小屋，他專門收購遊客留下的舊書，再轉賣給遊客。我進到他的店裡，發現書籍水準不錯，有不少靈學方面的書，像克里希那穆提（J. Krishnamurti）、尤迦南達（Yogananda）等人的著作。我挑了幾本，供我在旅館夜讀。

尼克一邊收錢，一邊和我聊起來。後來他約我一塊去湖上泛舟，我一說好，他老兄門也不鎖，就即刻和我出門。我問他怎麼不怕別人順手牽羊拿書，他說無所謂，反正書就是要給人看的；他還說，他又不是真正做生意的人，否則早回美國去了。

也許是飄流的日子過久了，一九九一年，我接到尼克的信說他返回舊金山長住。再遇見他時，他已經是穿西裝、打領帶，在舊金山金融區上班的股票經紀人。尼克請我在城裡最好的法國餐館「百合花徽」用餐，告訴我他發了財。從一九九三年開始的牛市，一波又一波的股票高點，讓這個昔日的花童成為新起的股市金童。

我們一邊啜飲著納帕酒區精選的夏多尼白酒，尼克告訴我，他成功的祕訣即在於他沒有恐懼。他說大部分的人都怕輸，怕會變得一無所有，但他什麼也不怕，每一次都賭最大的，因為他曾和這世界上最赤貧的人們在一起生活過十年，而那些人的恐懼並不比富裕的美國人多。他說人們常以為金錢會帶來安全感，其實常常是帶來更多的恐懼而已。

尼克說他有一個夢，而老天正在應允他這個夢。他說他從不把他賺來的錢當成他私有的財產，他只把自己當成向上天借錢的人。一九九六年底，美國股市開始向下調整，尼克辭掉工作，回到尼泊爾，在那裡成立一個專門收容流浪兒的基金會，提供住宿、食物和教育。他說自己的財富在美國並不是大亨，但在尼泊爾，他卻可以做洛克菲勒。

我們分完領來的大麻，落日慢慢西沉，尼克跟我相約一九九七年夏天再於舊金山相見，一起慶祝「愛的夏天」三十週年。

誰說嬉皮精神已經死了？抽了三十多年大麻的尼克，得到的不僅是肉體的High，還有靈性的High。尼泊爾十年的「遁世」，舊金山五年的「人世」，尼克分別體驗精神力量的高潮和物質力量的高潮，而如今，他找到結合這兩股力量的方式。

上天真的應允了他的夢。我想起那些尼泊爾街上無家可歸的小童，他們的臉上充滿我所見過最純真的赤子之笑。尼克也許不是德蕾莎修女，但他實踐了花童的精神，帶給世人愛。

靈魂最想過的生活

Gap服飾在城裡到處懸掛著傑克・凱魯亞克穿著卡其褲的海報。四十年前，當傑克開著他的破車，從紐約出發，橫越東西兩岸，來到舊金山時，他的確是穿著卡其褲，但不是穿Gap這個牌子，那時Gap尚未誕生。

傑克・凱魯亞克把他旅行的手記，花了三個星期整理成《旅途上》一書；而這本書就成為美國「敲打一代」（Beat Generation）的聖經，也成為全世界年輕人永遠的「Cult Book」（文化幫派書）。凱魯亞克的美國夢，是非主流的夢；在他上路時，美國還在黃金時期的一九五〇年代末期，雖然舊有的價值體系已經疲憊不堪、搖搖欲墜，但當時大多數的美國人還不知道，狂飆的六〇年代已經不遠，古巴危機、甘迺迪兄弟暗殺事件、越南戰爭，就快要驚醒美國人的靈魂。富裕、和平、秩序的美國，只是一個將醒的夢境。

一九五〇年代時，大多數的美國大眾都還相信「正統的美國夢」——上帝保佑亞美利加，努力的人必會有所收穫。剛從學校畢業的年輕人，都可以輕易找到一份還說得過去的工作；失業數字不會每天在早報上提醒人們，他們的父親也不用天天提心吊膽害怕公司裁員。當時美國的房價，還未經過八〇年代泡沫金融的吹氣球影響，工作三年的人通常可以完全擁有自己的房子，而不必終身做房奴。

但是，傑克·凱魯亞克當時已經不相信這種美國夢了。在他的手記中，他說他要記錄的美國夢是「局外人」（Outsider）的夢，他相信的是自我發現的內在之夢，而非社會所提供的外在的夢。他知道自己在做夢、尋夢，而不願像當時的美國大眾都把社會的夢當成真實人生。

當傑克・凱魯亞克抵達舊金山，那裡已經有一批和他氣味相投的「敲打靈魂」等待著他。他遇見現代詩人艾倫・金斯堡（Allen Ginsberg）、小說家威廉・貝羅斯（William Burroughs）等人；他們流連的地方，可能是城市之光書店（City Lights Bookstore），也可能是維蘇葳火山咖啡店（Vesuvio Café）。四十多年了，書店和咖啡店都還矗立在北灘的小義大利區和唐人街交界處，成為舊金山的文化觀光勝地。全世界的文化人到舊金山都不會忘了上一趟城市之光書店，這裡是喜愛文學的人的朝聖地，尤其是較少人去的二樓，滿屋陳舊的書香，書架上有許多絕版的、冷門的小說及詩集。

城市之光書店在一九五三年開幕，書店主人自己也是個詩人和畫家；勞倫斯・佛林格堤（Lawrence Ferlinghetti）就像在巴黎左岸的葛楚德・史坦因女士（Gertrude Stein）一樣，在藝術家困難的時候，資助他們，鼓勵他們。他曾經因為出版艾倫・金斯堡的詩集《嚎》（Howl）而被捕，罪名是出版、販賣猥褻書籍；亨利・米勒也曾匿名書寫一系列的「色情」小說，也是交給他地下出版。這些書釋放了當時許多美國年輕人從血統上、宗教上、文化上的清教徒基因所帶來的桎梏，替一九六〇年代的性解放運動打開了一扇門。

維蘇威火山咖啡店，雖然叫咖啡店，氣氛卻更像個酒吧，讓人聯想起巴黎左岸的小酒店氣氛。從一九四八年開幕以來，這裡一直是作家、詩人以及一些不寫作的「敲打靈魂」流連晃盪之地。今日咖啡店的牆上，還掛著一些當年「敲打一代」在這裡聚會的老照片，吸引不少慕名而來的觀光客。

我就是在這家咖啡店認識麥可；他來自西雅圖，曾是電腦軟體工程師，在一點點成功之後，他厭倦了成天寫程式的生活，決定讓自己暫時放逐，過一陣子他最想過的生活。我問他什麼是他最想過的生活？「做個哲學家」，他說；就像雅典時代的蘇格拉底一樣，在市集到處和人聊天，交換思想，甚至不必寫作，只要把腦中的思想演說出來即可。而舊金山就是他的雅典。

麥可思考的哲學主題是很當代的。有一天，他跟我說，電腦網路像一個封閉、吝嗇的中產階級社區，消費者只關心怎麼樣可以免費取得更多的資訊，而販賣者只關心怎麼樣可以出售更多的電腦；他們關心網路上的鄰居，卻不關心生活中真實的鄰居。他說網路是當代人的繭，最後大家都努力保持蛾的狀態。麥可也是敲打的靈魂。每一個時代都有它們的敲打靈魂，永遠不滿現狀，永遠在追求、探索現實之外更奧祕的人生意義。

追尋愛的夏天

我和史提夫約在金門公園的馬球草坪前相見。我們到的時候，已經聚集不少人，一個來自西雅圖的邋遢派樂團正在演唱。這是個溫暖的冬日上午，公園裡有不少人在跑步、騎單車、玩風箏。我和史提夫在草坪上躺下來，看著天上的藍天白雲，史提夫提起了三十年前的往事。

一九六七年的一月十四日，史提夫的父母，一對年輕的嬉皮，開著破爛的拖車，從紐約上州（Upstate New York）穿越美國大陸來到舊金山的金門公園。他們帶著六歲的史提夫，趕來參加兩位詩人艾倫・金斯堡和蓋瑞・史耐德（Gary Snyder）在公園內的馬球草坪上，以古印度教的祝禱儀式所舉行的人類狂歡會。這個儀式吸引上萬人參加，絕大多數都是和史提夫父母一樣的二十多歲年輕人。靠近公園入口的黑特—雅希布里區一帶的商家都關門了，好讓人群自由地在大街上穿梭。

那一年從一月一直到夏天，金門公園和附近的黑特—雅希布里區成為美國年輕一代的嬉皮文化朝聖地，全國各地的年輕人都先後蜂湧而至。整個夏天，金門公園裡舉辦了無數場的露天搖滾演唱會，珍妮絲・喬普林嘶啞狂亂的歌聲，搭配上吞雲吐霧的大麻菸，而在草坪上相擁互吻的年輕人，高喊著反越戰的口號，提出「愛與和平」的宣言。那一年夏天，全美有二十多萬的年輕人來到這裡，許多人都穿上印度式長袍，頭上插著印地安人的羽毛，手腕掛著佛教的念珠，嘴裡哼起西塔琴的樂聲；陌生人相見都稱呼彼此兄弟姊妹，街上飄浮著橘子花香的焚香味，大麻菸、迷幻藥公然在大街上叫賣，不少無屋可住的年輕人搭起帳蓬或餐風宿露睡在公園的草坪上。

那一年夏天，有人稱呼是「愛的夏天」，是西岸嬉皮運動的高潮。史提夫記得他父母帶著他，待了八個多月；他爸爸偶爾做做木工，賺些生活費，他媽媽在一家素食餐館幫忙，他則成天在黑特—雅希布里區的街上跑來跑去，認識了不少全國各地來的叔叔、阿姨和小朋友。

今天的史提夫，會玩吉普賽紙牌、會唱塞爾特（Celtic）的歌謠，會吟誦印地安的祝禱詞，都是那一年夏天在街上學會的。有不少人在街上搭起帳篷，他和一些同年齡的小孩在帳篷堆中，玩著西部紅番遊戲，但這批小孩是嬉皮的小孩，所以他們的遊戲中，紅番總是勝利者，白人卻被趕出了西部。

夏天過去了，天氣愈來愈冷，不再適合露天生活，史提夫的父母決定返回東岸。史提夫記得離開的那一天，他含著眼淚在公園的大樹上，刻下童年時代最美麗的回憶——他初戀的小女孩的名字，一個像他一樣，跟著嬉皮父母從俄勒岡州波特蘭來的小女孩。

即使經過三十年，史提夫仍然找到那棵樹，在一個六歲多小男孩高度可及之處，史提夫刻下了「Love: Flower」，小女孩的真名就叫「Flower」；就像已逝明星里弗・菲尼克斯（River Phoenix）一樣，那個年代的嬉皮父母流行替小孩取一些不尋常的名字，史提夫童年的小名就叫「Heaven」。

史提夫的父母後來離異，他跟著母親去了東方，先在日本待上五年，又到台灣長住十二年。他母親在台北美國學校教書，後來嫁給台灣生意人，完全拋棄過去嬉皮的價值和生活方式；她幫不少台灣有錢人家的小孩補習英文，賺了不少錢，然後投資天母的房地產，又賺了很多錢，如今成天出入台灣的上流交際圈。

史提夫卻和母親走著不同的路。在東方十多年的時光，他學禪、打太極、練瑜珈和讀莊子。史提夫說得一口好日文和中文，對東方文化的了解，不輸任何現代的東方年輕人。大學時期，史提夫回到美國，在哈佛唸東方思想，畢業後來到西岸，在舊金山主持一個以東方禪精神為主的工作室，幫助現代人解脫精神的焦慮和迷惘。

史提夫就住在黑特—雅希布里區一棟維多利亞式的房子內，他再也沒遇到他的Flower，但他愛過許多不同的女孩，他現在和一位來自印度的舞者同居。我是在黑特大街上的「Booksmith」書店認識史提夫的。我正和一位台灣朋友交談，我們的口音引起正在買書的史提夫注意。他是少數能分辨大陸標準國語和台灣標準國語不同的外國人士。他以標準的國語和我們打招呼，一聊起來又印證了「世界真小」的理論，我的台灣朋友小時候唸美國學校，他曾是史提夫母親的學生。

我和史提夫興趣相投，兩個人都對東方的靈學、西方的新世紀思潮略有研究，很快變成好朋友。史提夫已經在舊金山住了十年，他的禪工作室規模愈來愈大，吸引美國各地不少年輕人前來學習。

史提夫告訴我，他現在所做的一切，都是三十年前播下種籽的。六歲的他，徜徉在黑特—雅希布里區大街上，早已被那些從印度、尼泊爾、日本、中國去的東方藝術、音樂、服裝、飾品所深深吸引。他夢想能到東方去，而他果然去了，也學習了東方思想的精華。他認為自己現在做的工作，就跟馬可孛羅一樣，是一個把東方帶回西方的使者。

一九九七年的夏天，我又來到舊金山，這回是來參加史提夫的婚禮。他在金門公園的草坪上舉行一場露天的婚禮。他的太太跳著印度舞，一些印度教的僧侶唱著頌歌。一切又好像回到三十年前，這是史提夫自己的愛的夏天，我在此祝福他。

不要擋住我的陽光

一九六九年四月二十九日，一群激進人士在柏克萊大學學生領袖湯姆・海頓（Tom Hayden）、傑瑞・羅賓（Jerry Rubin）等的鼓吹下，帶著各種園藝工具，占據柏克萊大學校園外一塊屬於校產的空地。他們挖土種樹，宣稱這裡將是屬於人民的公園（People's Park）。

從那時開始，人民公園就一直是爭議的焦點，成為左派價值和右派價值的戰場。在人民公園成立一個多月後，柏克萊的市長派遣兩百多名警察去替校方收回這塊土地，將近四千多名的示威人士聚集起來阻止官方行動，進而引發一場暴動；當時的加州州長（日後的美國總統）雷根，派出了國民軍進場鎮壓。人民公園成為一九六〇年代最著名的學生運動的戰區。

今天的人民公園是遊民露天之家，全美國的遊民（Robo）都知道這是他們的領土；他們只要來到公園，每天都會有一些不再激進、仍然是自由派的人士為他們送去食物、香菸、酒等物資。當然不是沒有人抱怨，附近的住戶大致分成三派：中間一派是隨它去，採中立態度；反對派則認為這些遊民把附近環境弄得髒兮兮，他們的小孩也不敢去公園玩，他們說整個人民公園變成遊民公園；至於支持遊民權益者，則堅持說到處都有小孩可以玩的公園，遊民也不危險，讓遊民待在那兒，正是教育小孩的機會，讓他們看清美國社會也有遊民的這個真相。

左右兩派總是相爭不下，一九九二年，校方決定在公園內蓋一座排球場，阻止愈來愈多的遊民以公園為家。抗議人士侵入了柏克萊大學校長的家園，一名抗爭者被意外射殺死亡，有人留下一張字條寫著：「我們願意為這塊領土而死，你們呢？」排球場最後還是蓋了起來，只是很少人去玩而已。

每一次我上柏克萊，都會去人民公園走走，帶一些中國菜去給那裡的遊民。遊民總是來來去去不同的面孔，但都有志一同喜歡中國菜。通常遊民不喜歡被探聽長短，誰都有故事，你送東西去，並不代表你就有權利問東問西；他們尤其討厭別人問他們從哪兒來，過去是做什麼的，家裡還有什麼人等個人歷史大全。當他們想講話時，他們寧可去評議時事、褒貶世人。

有一次，剛出去逛街回來的羅傑向我大發議論；他說，他在街上看到兩個十來歲的年輕小孩從「Foot Locker」（一家專賣名牌運動鞋的店）出來，手上提著Nike的袋子，上面還有籃球明星潘尼・哈德威（Penny Hardaway）的照片。他問他們一雙鞋多少錢，他們說一百二十元。

「我一個月還花不到這麼多錢呢。」羅傑說：「憑什麼一雙球鞋可以賣這麼多錢？」

我回答：「名牌嘛！潘尼・哈德威也穿嘛！」

羅傑突然很嚴肅地看著我，他說，這些小孩這麼早就上了消費社會的當，以後一輩子都要做資本主義的奴隸。怪不得有的右派人士批評遊民是社會的「無用的人」；他們寧可什麼都不做，也不肯成為有用的生產工具。

格里菲是和我較熟的遊民，我知道他來自威斯康辛州。有一次在吃完我帶給他的春捲後，他為了回報我，從口袋中掏出一副破舊的塔羅牌幫我算命。他算得好極了，不輸我在倫敦參加神祕主義大拜拜的「身心靈節慶」（Body, Mind & Spirit Festival）上收費二十鎊的專家。我問格里菲為什麼不在漁人碼頭前擺個小攤，專業替人解塔羅牌。格里菲說，替他喜歡的人解牌，他不喜歡收錢，而他不喜歡的人，就算付他錢，他也懶得算。真有個性，是不是？幾乎每一個遊民都很有個性，我們甚至可以這麼說，大多數的遊民之所以成為遊民，就是因為他們太有個性以致。他們的價值觀、行事標準和俗世的標準太不相同了。

一九九五年聖誕節前，我帶了一些小禮物送去給幾位與我相熟的遊民。有人向我抱怨柏克萊大學的那個華裔校長要收回人民公園，在上面興建學生宿舍或什麼的。那一陣子，公園裡又出現抗議的牌子，有一塊牌子上寫著：「柏克萊不是史丹佛，不要讓校友蒙羞。別忘了我們的自由主義傳統。」

蓋學生宿舍雖然重要，可是維持人民公園作為自由、平等、博愛的象徵也同樣重要，全美國畢竟只有一個人民公園。柏克萊大學應該以擁有人民公園為榮。

希望下次再去柏克萊時，人民公園還在那裡。遊民的存在是社會的現實，不要把他們通通趕到陰暗的地方，讓世人看不見。人民公園不只是屬於遊民的，它也屬於我和所有願意進入那塊領土的人。我在那裡學習了許多生命課程，是其他地方不曾教過我的。如果人們有一對傾聽的耳朵，他們將發現有的遊民是天生的哲學家，就像那個躺在地上曬太陽的希臘哲學家告訴來見他的國王：「不要擋住我的陽光」。遊民也許身體不乾淨，但權勢和金錢卻有可能更骯髒。

文人靈感地圖

張愛玲（1920-1995）曾和丈夫賴雅住在諾布山丘下灌木街臨街的公寓。在她寫給朋友的信中，她提到離家不遠的電纜車每次經過時噹噹作響的鈴聲，讓她想起了上海的時光。

我住在灌木街上小法國旅館的期間，每次聽到電車聲時，想到的不是上海，而是張愛玲。想到她也曾住過同一條街上，看過相似的清晨街景（也許差了二十年，但舊金山有些永恆不變的東西），薄霧掩蓋整條街，地上出氣孔冒著白熱的蒸氣；不知哪兒來的外國移民掃著街上的垃圾；早起的上班族手裡端著咖啡、腋下夾著早報形色匆匆走過；空氣中滿是海灣飄來的帶著鹹味的濕冷氣息。

每一天，當舊金山甦醒時，都像個容顏依舊的半老徐娘般，懶懶地、不怎麼有精神、仍帶著昨夜殘夢、整個人不想醒轉過來的姿態。我走過張愛玲住過的公寓，想著當時的她是不是也是這樣的女人，仍活在一個不願醒來的上海之夢中。

不少文人都和舊金山有著深淺不一的情緣。像蘇格蘭作家史帝文生（1850-1894）追隨一位他深愛的加州女人芬妮・奧斯朋來到舊金山，落腳在唐人街，幾乎一文不名地苦等芬妮和她的丈夫離婚。那一年他寫下了著名的遊記《在塞文地區帶著驢子一同旅行》（Travels with a Donkey in the Cévennes）。而舊金山的鵜鶘島和海灣水手生活，以及當時唐人街千奇百怪的現象，都成為他後來創作著名冒險小說《金銀島》的靈感泉源。

出生在奧克蘭的傑克・倫敦（Jack London, 1876-1916），熱愛荒野、海濱、大自然，他出沒舊金山市區的時間，主要和當時的一幫文人、藝術家往來（像馬克・吐溫、史帝文生等）。他創作的靈感來源是，舊金山南邊的蒙特瑞海灣（Monterey Bay）以及北方的索諾瑪山谷（Sonoma Valley）。但他的文學心靈仍和舊金山的文人圈緊緊相連，尤其是和他的文學啟蒙導師女作家茵娜・庫爾布瑞斯（Ina Coolbrith, 1841-1928）的友誼，更是當時的佳話。

馬克・吐溫（1835-1910）則是大都會型的作家。雖然他著名的《湯姆歷險記》，是來自他在密西西比河擔任船長的經驗，但他老練、世故、洞察人情的諷刺文章，卻是十分舊金山的。馬克・吐溫的辦公室，位於金融區蒙特哥馬利街（Montgomery St.）一帶。他經常出沒於金融家俱樂部，坐在水晶燈、大理石地板的餐廳中，口銜雪茄，寫下著名的《鍍金時代》（The Gilded Age：書中專門描述當時舊金山的富裕怪現象）。馬克吐溫的住宅離金融區不遠，位在今日仍保存良好的歷史區傑克森廣場（Jackson Square）附近。

而聯合廣場一帶是舊金山最老的街區，附近有許多參差相連的木造房子，不少房屋都有防火梯和外巷相接。這些小巷都像迷宮一樣，其中還常有死卷，這種地形很適合犯罪，而美國最著名的黑色偵探作家漢密特（1894-

1961），其不少小說的背景即設在此地。漢密特生於東岸，但卻在舊金山設立私人的偵探社，專門幫人調查各式謎案。不過他的生意並不好，經常入不敷出，索性以寫偵探小說貼補生活，反而走出活路，成為暢銷作家。

約翰・休斯頓（John Huston）改編漢密特的小說《馬爾他之鷹》（The Maltese Falcon）的同名電影，其中的男主角（即漢密特小說中最著名的偵探山姆・史派德[Sam Spade]）由亨佛萊・鮑嘉（Humphrey Bogart）飾演；這位身穿法國風衣，出沒舊金山市區的私家偵探，是繼福爾摩斯之後最擄獲人心的大偵探。直到今日，舊金山還有不少漢密特迷，組織了遊覽路線，專門尋訪小說中所描述的街景及場景。

北灘和電報山丘（Telegraph Hill）一帶，是敲打派文人藝術家的大本營；他們的工作、娛樂區在北灘（像有名的城市之光書店、維蘇崴火山咖啡店、悲哀咖啡店等），但住家則在臨近的電報山丘上簡陋的木造樓房內（一九五〇年代時，租金還十分低廉）。

當時活躍的敲打派分子，有以寫《旅途上》出名的傑克・凱魯亞克（1922-1969）、深受禪及佛教思想影響的詩人蓋瑞・史耐德（1930-）、以裸身朗誦詩集《嚎》被補的詩人艾倫・金斯堡（1926-1997），和被喻為美國禪運動領導人的亞倫・瓦慈（Alan Watts，1915-1973；代表作有《禪道》[The Way of Zen]）等；這些作家是美國第一代以脫離、打擊主流文化，另闢新途的文人。他們在一九五〇年代出版的書籍，起先都以地下書刊的方式出現，非常非主流，卻逐漸在年輕人圈中流傳；他們是六〇年代反抗文化的先聲，這些異端分子後來都成為美國新生代的精神領袖。

而他們經常出入的北灘、電報山丘一帶，也是非常不傳統的美國式生活區域；狹窄相連的木房、熱鬧繁忙的街頭生活、來自世界各國的移民，一起組成奇妙多姿的文化氛圍。就在這裡，這些作家脫離了美國保守清教徒文化的傳統，以放浪不羈的生活和藝術理念來尋找個人的真理。

電報山丘再往西北走，就來到另一個較青翠的小山丘「俄人山丘」（Russian Hill）。這裡不像電報山丘的房價那麼低廉、生活方式那麼波西米亞，這裡一向是中產階級知識分子、文人與藝術家的聚落，而且文學傳統從十九世紀中葉就已建立。這裡的建築也比較有風格，有不少深具加州風格的「工藝人之屋」（Craftsman Homes）隱藏在山丘上的小樹林內，只靠陡峭的古老木造樓梯和街道相連。這裡直到今日，觀光客來得還真不多，因此有些祕境仍被當地居民珍藏著。

曾在奧克蘭圖書館工作，送給年輕的傑克・倫敦許多杜斯妥也夫斯基及福樓拜小說的茵娜・庫爾布瑞斯即住在這裡。她在十九世紀中葉是舊金山很有影響力的女文化人，曾和美國現代舞始祖鄧肯的父親有過一段祕密戀情。

晚近俄人山丘最出名的作家（今日仍住在此地）是亞米斯德・莫平（Armistead Maupin, 1944-）；他最有名的系列作品《城市故事集》（Tales of the City），曾被改拍成電影劇集風靡一時。他創造了三個可愛迷人的角色：一個是怪誕不凡、古道熱腸的女房東，一個是天真的瑪麗安，另一個則是充滿幻想的男同性戀麥可。這套舊金山故事書，如今是美國同性戀文學的經典，作品中除了真切描繪舊金山變遷的同性戀世界外，還有許多值得記憶的事件、人物和場景，這是一套相當表現舊金山特色的都市文學。

而黑特—雅希布里區的氣氛，則一向較為前衛與激進；這裡是嬉皮運動的中心，也是舊金山反戰運動的搖籃。著名的小說家、社會運動家凱・波易爾（Kay Boyle, 1902-1992）女士就住在此區。她年輕時，和海明威、亨利・米勒一樣，都是屬於待在巴黎的「失落的一代」的作家。但她從六十多歲開始，就成為舊金山反越戰運動的核心分子，曾有多次被捕的紀錄。她的生平，都反映在她一九七五年所出版的自傳體小說《地下女人》（The Underground Woman）一書之中。

我十五歲時，曾經相當喜歡過小說家、劇作家威廉・薩洛揚（William Saroyan, 1908-1981）的作品；我記得他的一個劇本曾在台灣翻譯成書：《我的心在高原》（My Heart's in the Highlands）。他住的地方就離金門公園不遠。薩洛揚的作品及生活方式，都帶有一種神祕主義式的怪誕；他喜歡離群索居，有點像後來的隱遁作家沙林傑（《麥田捕手》的作者）一般。當我躺在金門公園的草地上，重讀《我的心在高原》的英文本時，我彷彿看到那個還在高中唸書、充滿文學狂熱的自己，啃讀各種翻譯作品，尋找那些能解除我內心寂寞的作者。

走在舊金山市內大大小小、高高低低的山丘路上，似乎有不少文學家的靈魂都還羈留在這裡。直到今日，當我一個人在舊金山旅行時，從來不曾有一刻覺得寂寞，我想就是因為有這些文學靈魂在陪伴著我。

反抗文化的象徵

一九九七年夏天，我走在舊金山街上，發現不少十幾歲的年輕人穿著一種好久不曾見過，那種上緊下鬆、像喇叭一樣的褲子。這使我們這種已經是中生代的人，看了立即就懷舊起來。怎麼時間飛逝得如此迅速？才一晃眼，三十年前大大流行的喇叭褲（Bell-Bottoms）又再度登場。原來我們都老了，喇叭褲依然沒變，只是穿的人換了一整個世代。

流行服裝史上有所謂「三十年曲線理論」，恰巧和經濟榮枯現象的三十年波長變化相符。當經濟愈不景氣，往往裙子愈短、頭髮愈短、褲子也愈緊。美國從一九九四年底開始脫離自八〇年代末期長久的經濟低迷，一波又一波上揚的道瓊工業指數在九六年底、九七年一再創下歷史新高，這時對流行敏感的人就開始發現長髮回頭了、長裙再領風騷，而後喇叭褲又再度出現。

喇叭褲剛出現時，只是街頭的流行，最先可能是一些自命不凡的年輕人，厭倦從一九五〇年代一直到六〇年代的窄褲腳，標新立異地把褲腳放寬，有人放成八吋，有人十吋，有人十二吋；這麼愈放愈大，慢慢成為流行的趨勢，而這個趨勢在一九六七年（整整三十年前）到達高峰。一九六七年的一月冬天，兩位美國詩人在金門公園舉辦人類狂歡大會，是美國史上第一次的嬉皮文化大會。全美嚮往嬉皮花童精神的年輕人從各地蜂湧而至，而不少人發現他們跟許多人一樣，穿著那種上緊下寬像喇叭一樣的褲裝時，喇叭褲遂成為嬉皮的象徵。也因此有更多人爭相模仿這一款式，於是喇叭褲風潮席捲整個美國，甚至全世界。

當時許多嬉皮歌手，如珍妮絲・喬普林、瓊・貝雅（Joan Baez）、桑尼和雪兒（Sonny & Cher）、吉米・亨德里克斯（Jimi Hendrix）都身穿緊身上衣，而下身就是上緊下寬的牛仔喇叭褲或卡其料喇叭褲。他們的迷幻搖滾歌曲，加上部分人吸食大麻、使用LSD迷幻藥，實踐狂野的愛和做愛的自由，使得他們的服裝、生活方式、歌曲都成為那一年代年輕人反抗文化的象徵。

流行通常都是先有現象，後有理論。研究服裝流行史的人只要提及喇叭褲，都會提到放寬窄的褲腳代表那個世代年輕人開放（open）的人生態度，渴望更寬廣的世界，以圖脫離美國一九五〇年代所謂「黃金世代」所建立的保守、安全、渺小的世界觀。喇叭褲的不合身（不接受約束）、不實際（浪費布）、不好走路（褲腳太寬），的確不是「理性化」的選擇，難怪當時許多父母痛恨小孩穿喇叭褲。但老一輩的人愈看愈不順眼，正好中年輕人的心意，本來年輕人的流行就是為了挑釁。

我記得自己第一次穿喇叭褲是小學六年級升國一的夏天。當時西門町是年輕人流行文化的聖地，幾乎所有新穎的、外國的（主要是美國的）、流行的事物都從那裡開始。當時是個資訊相當貧乏的時代，我們沒有流行服裝雜誌或外國有線電視節目，更別說年輕人可以到日本、美國、歐洲去接觸第一手流行文化了。當時也還沒有成熟的服裝工業及服裝設計師忙著告訴人們怎麼穿，年輕人多半會拿著盜版的《學生之音》刊物上所翻印的外國搖滾歌手的圖片，去武昌街一帶訂做喇叭褲。男生會去「第五街」，女生去「日活」，膽子小的人訂做個十吋，就很滿足了，膽大的人則非要十五吋來招搖才過癮。

當年穿喇叭褲及手染迷彩上衣的我們，雖然聽過「嬉皮」這個名詞，也許還以為自己已經真是嬉皮了，但很少人真正弄得明白什麼是嬉皮精神。當西方年輕人高喊著反戰口號「要愛，不要戰爭」，我們卻仍活在「反攻大陸、殺朱拔毛」的口號中；當我們跟著披頭四唱著那首〈Lucy in the Sky with Diamonds〉，根本弄不清他們唱的是LSD的事情，更不知道手染迷彩上衣上的色彩變化，是吞服LSD迷幻藥後，眼簾上會浮現的色彩。

台灣的年輕人穿著喇叭褲、留著長髮，只怕被當成不良少年或少女；在街上碰上少年隊臨檢盤查時，會被當街剪頭髮或剪褲腳。當時我們都活在戒嚴時期的管制中。

從今天的標準來看，台灣在一九六〇年代、七〇年代初期的年輕人都壓抑得很，殘餘的白色恐怖時期的記憶使得社會上沒有政治運動、社會運動可供年輕人參與。再說避孕藥、保險套難以取得，使得年輕人少有性發洩的出口。整個世代的年輕人最會的不是真反抗而是爭長短，像和教官計較頭髮長半吋、裙子高半吋、褲腳放半吋等等。

喇叭褲其實是最後一代年輕人服裝自主、掌握街頭流行的現象。從一九七〇年代初期開始，全世界的服裝工業大肆蓬勃發展，「名牌」服裝不再只限於有錢的中年男女的專利，時髦的青少年大眾成衣市場取代了量身訂做的時代，市場導向、廣告、設計師名牌使得流行愈來愈跟「反抗」脫節，而和「認同」看齊；街頭流行變成另類文化，而名牌流行才是年輕人的主流。當年輕人穿著各式設計師的服裝，從Gap到Jean Paul Gaultier，也許和他們的父母品味不同，但商品經濟使得這些年輕人根本不想也無能反抗經濟主流；他們願意上麥當勞打工，賺一個月的最低工資去換一件名牌的T恤。

舊金山在美國服裝史上一直有其特殊的地位。像Levi's的牛仔褲，從礦工苦力階級的專利，變成一代年輕人嚮往平民精神的象徵。等到Guess或YSL一件五百、八百美金的牛仔褲出現時，牛仔褲已經不再有其精神上的意義了，只剩下流行。

當喇叭褲開始流行，當時的嬉皮花童崇尚的是手工做衣以及到二手舊衣市場買衣服、交換衣服，但今天年輕人穿的牛仔褲卻是上Calvin Klein買來的。當Gap在一九七五年於舊金山開設第一家旗艦商店時，當時以簡單的卡其布所代表的工廠勞工階級向美國的富裕階級品味挑戰。三十多年過去了，Gap已不再是代表年輕文化和成年文化的「代溝」，Gap成為跨國成衣帝國，從嬰兒、小童、青少年到成年人的市場都一網打盡。

但舊金山還是舊金山。引領了一代風潮，形成主流之後，又有新的風潮繼之而起。今年我在金門公園旁黑特—雅希布里區（嬉皮村）看到當地開了好幾家新的二手估衣店，裡面擺的都是三十年前的舊衣，大都是「愛的夏天」舉行時期所留下的老古董，索價十分便宜，像十元美金一條褲子，五元美金一件緊身上衣等。有不少十幾歲的年輕人進進出出，每個人都打扮得千奇百怪，各具創意，而不是一身出自相同名牌的服裝模子。

這種揚棄商業主流、拒絕名牌，會不會是下一個流行的趨勢呢？這個時代的年輕人將為流行留下怎麼樣的世代聲音呢？那個聲音，我期待聽到。它會提醒我，我們都曾年經過，流行曾經是我們反抗的聲音。

矽谷天堂地獄

舊金山一直是淘金的城。一代又一代的移民，懷著對金礦、銀礦、太平洋鐵路的夢想，來到舊金山尋找他們致富的機會。今天，新的淘金目標是微晶體，淘金城則跨過了灣區，變成帕拉歐托（Palo Alto）到聖荷西（San Jose）之間那塊叫「矽谷」的地方。

雖然早在一九三九年，惠普公司的創辦人惠利特（Bill Hewlett）和普卡德（Dave Packard）就已經在帕拉歐托成立公司，但一直要等到兩位史丹佛大學學生賈伯斯（Steve Paul Jobs）和沃茲尼亞克（Steve Wozniak）在自家的車庫中成立傳奇的「蘋果公司」後，矽谷的淘金熱才正式開始。整個一九八〇年代，光是史丹佛大學附近的洛斯亞托山丘一帶，即開立了數百家專門提供電腦業創業的投資基金公司；當時有人戲稱，全美國二分之一的創投基金都到了矽谷。

在雅痞文化、雷根主義、高科技萬能的潮流之下，矽谷也成為全美離婚率最高、自殺率最高、吸毒率最高的白領高級住宅區。不少淘金族淘到金後，卻失去了家庭、健康和生命。

一九八〇年代晚期，矽谷幾乎成為地獄的代名詞。高科技行業的競爭壓力，使得一般上班族二十年的歲月可能只濃縮成三年、五年、八年；不少人成功過後又失敗，有的人則看破紅塵轉行（像蘋果公司的創辦人後來重唸醫科，改做濟世救人的鄉下醫生），有的人則被這一行淘汰出局。再加上一九八九年的股票崩盤，矽谷的繁榮神話跌到谷底。

經過幾年的蕭條，矽谷街上不再開滿法拉利、保時捷和賓士。而在全美平均房價最昂貴的帕拉歐托的房價也下跌四分之一之後，矽谷又慢慢重生起來，不少新的淘金族從台灣、印度、中國而來。這些充滿成功意志的亞洲人，也帶來比較保守的家庭價值觀。矽谷的自殺率、離婚率、吸毒率都下降了，上昇的則是小孩的出生率，而同時愛買房子的亞洲人又慢慢帶動房價往上爬。

我認識的一對夫婦正是這樣的新淘金族。七年前，兩個人是北大畢業的電腦碩士，來美國拿到博士後，兩個人都受雇於矽谷高科技公司。不到五年的時間，兩個人的資產從零到幾百萬美金，全是拜公司所發股票上市而得到的利潤。他們迄今不敢相信自己的運氣，因為他們如果回北京教書，五年可能連五萬美金也賺不到。

他們在帕拉歐托買了房子，邀我去住些日子。我到的時候，他們正忙著清理後院的游泳池。丈夫告訴我，他們仍然是勤儉持家的中國人，這些粗活都自己動手（洗游泳池、除草、清理壁爐等），不像大部分的西方有錢白人，通通請別人代工。

他們剛買的房子是標準的美國一九五〇年代的設計，十分現代及功能主義，有一點包浩斯建築風格的味道。白色現代化的廚房中，各式電器都是不鏽鋼材，冰箱大得如同一部車子一樣；我打開冷凍箱看看，裡面只放了寥寥無幾的幾樣冷凍肉品。太太說，他們還是喜歡每週上中國超市買菜，順便買買華文報紙，吃點中國小吃，這麼大的冷凍箱根本派不上用場。

他們已經住進來半年多，因為屋子狀況維持得很好，他們幾乎沒什麼改裝，就連浴室都是一九五〇年代的款式。但今天看起來，還是不土，簡簡單單的白瓷浴缸，配上全套的白磁磚。太太說，這些東西在今天的北京都不容易找到，更何況這些都已經用了四十多年了。「美國真富裕。」她說。

他們是少數幸運的淘金族。晚上我們坐在燒著木柴的壁爐前，看著電視新聞中報導高科技行業聘用太多的外國員工，而讓許多美國人失業。丈夫告訴我，他們公司裡就有三分之一的員工是亞洲人，有來自香港、台灣、大陸、印度、韓國、日本、新加坡、馬來西亞等國家的人士。

電腦業是全球化的資訊工業，有著全球共通的語言，因此在文化背景和種族方面的差異，不像法律、會計、醫學那樣有所侷限。這批現代的淘金族的待遇，和兩百年前遠渡重洋來異國挖金礦、銀礦、蓋太平洋鐵路的華工相比，就如同天堂和地獄的差別一般。

第二天一早，我們到離他家不遠的史丹佛大學的生態保留區爬山。一大片種滿牧草的山丘，就在二八〇高速公路旁，山丘上養了不少的馬和牛。我們餵著牛馬吃胡蘿蔔，四下一片寧靜，除了偶爾傳來高速公路上的車聲，提醒我們還在矽谷的中心，否則眼前的無際草原，牛馬徜徉，早春的黃色野花朵朵，彷彿置身在西部時代的鄉間。

中午，我們開車往附近的深山去，拜訪他們所認識的一位高科技怪人。他住在一棟上百年的農莊裡，距離最近的鄰居開車也要十分鐘，但這位老兄仍然在公司上班，平常都以電腦和公司連線，幾乎一個月才下山幾次去見見公司同仁。

我們才抵達農莊的門口，就聞到滿溢的新鮮麵包香。他正在烤德國式的裸麥麵包，用著老式的柴火烤爐；他還加了胡桃木在柴火裡，空氣中除了麵包香外，還充滿胡桃木香。我們坐在農莊的後院，院中種滿各式的洋蔬菜和香草，喝著目前加州流行的私釀啤酒（有許多小型啤酒廠會協助客人釀私酒，兩百多美金就能釀好幾打）。

這位科技怪人的生活，完全像個農夫和半個隱士。但他是業界研究電腦人工語言的頂尖專家，靠著幾個專利的豐厚收入，過著人類歷史上從未有過的生活方式——生活在深山中，但每天照常上班，並和全世界聯絡。

一九九〇年代的矽谷，不再崇尚雅痞式物質主義，現在的新潮流是回歸自然。農莊成為搶手的地產，雞尾酒會不再流行，取而代之的，是戶外野餐，吃自己烘培的麵包，吃自家種植的生菜、番茄，佐配自家釀的啤酒。注重生態，高科技式的返璞歸真，是人們嚮往的新時代生活。

電腦文明究竟會帶給人類什麼樣的未來呢？這些少數幸運的現代淘金族，創造了一種令人欽羡的富豪生活。至少對我而言，這一切比法拉利、貂皮大衣、鑽石、好萊塢華宴要美妙太多了。

夢見葡萄酒園

整個納帕（Napa）山谷，從納帕小鎮一直向北延伸到溫泉鄉卡利斯托加（Calistoga），長約四十三公里，地方不大，開車繞一圈約需一個多小時。這裡的土質因受火山爆發的影響，非常肥沃，再加上山谷的盆地地形，白天日照豐富、十分炎熱（尤其夏季葡萄成熟期間），但入夜後，受北加州的高緯度影響，氣溫陡降。這一熱一冷的催化，對葡萄的生長很有幫助，納帕因此成為美國最有名的葡萄酒區。

納帕山谷最早釀葡萄酒是由傳教士開始的。就像歐洲中世紀時期一樣，僧侶種植葡萄、釀製葡萄酒，以供應聖餐彌撒時用來代表耶穌寶血的紅酒。

早期的種植都是小規模耕作，一直要等到一位匈牙利人哈拉茨基（Agoston Haraszthy）在一八五〇年來到納帕小鎮，發現這是塊適合葡萄種植的天賜土地，才開始大規模施作。本來匈牙利造酒的歷史就十分悠久，在十七、十八世紀期間，匈牙利的托卡伊酒（Tokaji-Aszu）早已被歐洲皇室視為最高等級的貴族酒。哈拉茨基想必熟知匈牙利的造酒文化，他引進兩百多種歐洲葡萄品種，著名的如黑皮諾（Pinot Noir）、梅洛（Merlot）、卡貝納—索維儂（Cabernet-Sauvignon）等品種，再加上他個人豐富的釀酒知識，使他被納帕一地的人們稱為「葡萄栽培之父」。

第二位重量級的人物，是同期（一八五八年）來到納帕谷地的德國人查理・庫克（Charles Krug）；他引進德國的葡萄品種和釀酒的知識，也在納帕蓋了第一座義大利式的葡萄酒園（電影《漫步在雲端》[A Walk in the Clouds] 即在此拍攝）。

納帕的造酒文化，在美國的禁酒時代和兩次世界大戰期間遭受極大的打擊，一直要到戰後的一九五〇年代後才開始復甦。在接續的六〇年代、七〇年代，葡萄酒園持續擴大，從歐洲各地引進的釀酒技術，加上加州大學的科學化研究，使得納帕生產的葡萄酒品質日益提高；一九七六年，在巴黎所舉行的世界品酒大賽，由全世界知名的品酒鑑定者矇著雙眼、只憑嗅覺和味覺品嚐各國的酒品後，納帕出產的酒贏得第一，打敗了許多知名的法國大廠。事隔三十年後，風水再度轉了回來，二〇〇六年，納帕酒又贏得了頭籤。

一九七六年的這個勝利，鼓舞了納帕的酒園莊主，也帶動一九八〇年代狂熱的葡萄酒園投資熱潮。美國許多富裕人士（尤其是加州人），都以擁有或投資葡萄酒園作為尊貴身分的象徵。比如大導演法蘭西斯．柯波拉即是其中之一，而我的朋友庫克夫婦也是此道中人。

庫克夫婦兩人出身於舊金山世家，可說是銜著銀湯匙出生，名下各有一筆不小的信託基金。庫克先生是執業律師，太太是業餘的雕刻家，兩個人都熱愛大自然和美食。他們有一次到納帕去度週末，迷上那裡的自然風景和葡萄酒園所散發出的浪漫氣氛，決定買下一座小型酒園來當現代農夫。好在納帕離舊金山車程不遠，只要一小時多，他們舉家搬到納帕，先生仍繼續上班，太太則變成全職的葡萄園莊主。

擁有葡萄酒園聽來是浪漫無比的夢，但親自下手當農夫則一點都不浪漫。他們雖然請來一些幫手，但一場早來的霜降，他們必須半夜爬起來，跟著工人一塊忙著替葡萄加蓋保護罩以防霜凍。五、六月時，天天期待好天氣，七、八月時，又怕天氣太熱使得葡萄過熟，這種「靠天吃飯」的宿命，是這兩位一生幸運的夫婦從未體驗過的人生。

更大的災難接踵而至。納帕的葡萄酒園一直和加州大學合作各種科學實驗，以提高產量。在科學萬能的前提下，這批天真的美國人不理會古老歐洲農人從自然學來的教訓，即不可交叉密集種植葡萄，以避免病害傳染。在葡萄酒園熱潮後的三、四年期間，納帕山谷的葡萄園遭受馬乃生物型病害的摧殘，一片一片的葡萄園皆成災區，許多葡萄樹都病死了。

庫克夫婦的葡萄園也深受其害。他們所生產的葡萄酒一直以來都尚未打響知名度，賣不了好價錢，但至少還有酒可以分送親友，當作昂貴的嗜好也罷。現在葡萄都沒了，連酒也不必釀了，大大失望的庫克夫婦於是搬回舊金山，暫時將酒園荒置。因為遭病害侵襲過的葡萄園必須休耕一段時期，才能再恢復生產。他們花費昂貴的代價，學會了一項古老的教訓：不懂一行，不做一行。

但老天的安排卻常出人意表。在他們休耕的兩年多當中，卻是一九八〇年代中期北加州房地產大展鴻圖之時，他們暫時廢置的葡萄酒園土地如今翻漲到幾倍的價錢。而美國人喝白酒、紅酒的文化，在當時雅痞文化的催生下愈演愈烈，納帕的酒因產量減少（不少酒園休耕）而變得炙手可熱，引起不少世界級酒廠的注意，紛紛進軍納帕，收購小酒園。

庫克夫婦仍然是幸運的。他們賣掉酒園，不僅把幾年賠掉的錢都賺回來，扣掉原有的投資和利息，還賺上一筆不小的利潤。他們雖是失敗的農夫，卻仍是成功的地主。

現在的庫克夫婦還是常常週末去納帕度假。他們住在好友的葡萄莊園中，品嚐當年精釀的紅、白酒；晚上睡覺時，聽著葡萄園熱風車呼呼作響，而不必擔心葡萄園中的一切。他們可以安然入睡，畢竟一場葡萄酒園的夢，曾是惡夢，最終又成了好夢一場。

啤酒慢活

離太平洋高地不遠的海濱區聯合街上，新開了一間自釀啤酒的工作坊。一九九四年的秋天，我又來到舊金山小住，喜歡喝比利時修道院啤酒的法國朋友皮耶，立即邀我一起去那間店品嚐。於是我認識了老闆安迪。

安迪原來在紐約華爾街做期貨買賣。他說期貨金融遊戲，爭的是分分秒秒的輸贏，每天的神經二十四小時都繃得緊緊的；即使在睡眠中都不能放鬆，深怕睡前下的期指大單，在入睡之後，會遇到什麼天災人禍而無法立即反應。

最後，安迪告訴自己他受夠了。

靠著多年的豐厚儲蓄，在一九九一年他決定先環遊世界一年（真巧，我告訴安迪，這一年也是我決定捨棄「許多」，放自己環遊世界一年）。他去了很多地方，觀察世界上不同類型的生活方式，發現金錢或許是快樂的充足條件之一，卻非必要條件。

旅行中，安迪迷上了比利時啤酒。他看到當地有不少小型工作坊用手工釀造啤酒，而且還使用著幾千年前美索不達米亞文明傳下來的古老發酵法。他發現一些用室溫釀出來的啤酒，比較耐喝而且值得慢慢品味。

回到美國的安迪，休息了一陣子後，決定找一個工作來和社會互動，畢竟人不可能永遠在路上旅行。他想到應當教導美國人去欣賞小工作坊，品味手工釀造的啤酒文化。

美國早年本來也有手工自釀啤酒的文化，尤其在禁酒令時期，許多農家仍偷偷私釀啤酒。而當時的執法者也比較不像對抓私釀烈酒的人那麼嚴格，使得私釀啤酒一直有種體制外的自由。

農家的私釀啤酒，除了自己喝外，也會拿到農夫市集去賣。這些私釀啤酒風味不一，不像工業大廠大量製造的啤酒的規格化口味。然而由於私釀啤酒不做廣告，不像米樂（Miller）或庫爾斯（Coors）啤酒會用大明星、球員做電視廣告，讓你覺得他們的啤酒比較好喝、比較時髦或比較豪邁、感性、溫馨……（端看廣告商訴求的主題是什麼），造成私釀啤酒愈來愈沒落。

但人心會變化。大量生產的啤酒，都只適合低溫喝，而且喝的時候要快，第一口的滋味最新鮮，往往愈喝愈平淡，擺久的啤酒簡直不堪入口。可是用室溫釀造的自釀啤酒，卻是可以慢慢喝的啤酒，第一口和最後一口的滋味不會差太多，讓人得以細細品嚐而不必牛飲。

安迪的啤酒工坊，有一份複雜的製酒單（複雜往往是速食文化最害怕的；想想看，麥當勞、肯德基賣的東西有多簡單）。先從釀酒原料來說，大麥、小麥、裸麥、燕麥、玉米皆可；而發酵的方式也很多，從啤酒花、酵母到自然微生物發酵都可以選擇；發酵的時間也可長可短；全部發酵、一半發酵或上層發酵都行；除了原味啤酒外，也可以選擇各式果味啤酒，例如櫻桃、桃子、黑醋栗、覆盆莓、奇異果等等。

自釀啤酒需要顧客的知識和情感的介入，跟上超市買別人做好的啤酒大異其趣，因此有閒心、閒情的人才懂得欣賞。這種人，照今日的說法，即是懂得慢活之人。對那些視時間為金錢的人而言，哪裡肯為喝個啤酒這種事花時間思考、挑選，還必須等待。

由於安迪是小規模的啤酒工坊，客人挑選好了自己想要的式樣，就必須排班等他們進行釀製，往往一等要個把月的時間。

然而等待也會帶來驚喜的樂趣，因為每一次自釀的啤酒，即使材料一模一樣，風味也會有所變化。因此每回喝到的手工啤酒，都可說風味獨特。我用我的法文名字「Lucille」釀造了一款櫻桃啤酒，分送給我在舊金山的友人們同享。

安迪的生意當然賺不了大錢，但他說他不在乎。

如今的他，清晨起來帶著他的大狗到海濱散步聽海浪聲，上午在啤酒工作坊釀酒，聞著各種食材的自然香味和酒香，常常自己下廚做東西給自己吃（他說做期貨時他從不下廚）。以前的他買名牌、開跑車，現在的他穿著簡單、騎單車。從前他的愛情關係很不穩定，也沒多少朋友，現在的他珍惜愛情與友情。

安迪說，習慣了手工文化後，生活哲學、價值觀也隨之改變，不再相信機器可以控制、征服一切，更不相信人可以戰勝自然，反而崇尚人應該和自然和平共處。自釀啤酒教給了他慢活之道。

有機原味哲學

「有機」（Organic）的概念，如今已經成為一個時髦又耳熟的名詞；而讓有機文化的風潮傳布全美國及全世界的力量，舊金山有其重要的代表性。

一九六〇年代的嬉皮運動，對文化的影響絕不只限於政治、經濟、服裝、音樂，飲食也成為重要的文化革命指標；畢竟人是天天要吃喝的，你吃什麼，你就成為什麼。嬉皮帶動了美國的蔬食運動，也影響了嬉皮世代以自然本土、生態環保的觀點來看待飲食這件事。

開設在柏克萊大學附近的「帕尼斯之家」（Chez Panisse），雖然只是一家小小的餐館，卻開啟了美國飲食文化的新潮。餐館主人艾麗斯・瓦特絲（Alice Waters），是位很有前進視野的女士；她相信一些簡單的事，例如最好的食物來自乾淨的空氣、水和土壤，因此她只選擇自然的食材烹調。在「慢活」觀念還不流行的年代，她就相信只有手工才能保存原味，而小量生產製造的手藝文化，則是對抗托辣斯、資本主義、工業革命怪獸的方法。這種飲食觀，骨子裡其實就是嬉皮精神。

艾麗斯・瓦特絲不僅是個夢想家，也是個實踐者。她說服了加州一帶的許多農人用她的方法耕種、養殖，生產有手藝精神的食品。後來她更鼓勵在餐館工作過的職員出去創業。這些有夢想的「農夫」，開創了新一代的農業文化革命；他們強調自然栽種（即所謂的「有機」）與小量生產，於是標榜傳統、手工的麵包烘焙坊開始出現，而手工製作的肉腸、乳酪、橄欖油、醋、啤酒、果醬、奶油、蜂蜜等產品也先後上市。

這些標榜自然、新鮮、本土的食材，剛開始是供應給志同道合的餐館，而這些餐館逐漸變成「加州派新食藝」（California Nouvelle Cuisine）的發源地，日後也成為美國新派廚藝的美好象徵。後來這些食材也賣給有同樣想法的家庭，促成了舊金山渡輪碼頭前露天農夫市場的興起；每到週末，加州各地的農夫帶著他們獨具風格的食材與食品，聚集在碼頭前擺攤販售。目前這個農產市場已成為全美最大、最有特色的有機樂園。

農夫市集不僅販賣自然食材，也重拾傳統人情。顧客會跟攤子主人聊天，交換食譜及飲食的心得，來往久了之後，培養出熟人的情誼，彼此關心起對方的健康、工作、子女，食物的購買不僅滿足了身體的需要，也提供了情感的滿足。

我只要回到舊金山，週末一定會去碼頭前的農夫市集，在那裡吹吹海風，喝一杯新鮮的蘋果汁，買一個胡桃麵包配上新鮮的薄荷羊乳酪當中餐。每回想著一個開小餐館的人的小小夢想，居然造成這樣大的影響，都感動不已。在一九九〇年代末期，自認是美食國度的法國，其文化部官員竟然邀請艾麗斯・瓦特絲前往法國，去教導法國農夫什麼是有機農業，這可說是替舊金山的新派飲食哲學掙足了面子。

其實法國的農業傳統中，並不缺乏自然、手工、小農的文化。定居在加州的索諾瑪一地的美國飲食作家M.F.K.費雪（M.F.K. Fisher）女士，在美國鼓吹的回歸自然、傳統的飲食觀（艾麗斯・瓦特絲即受費雪的影響），即是因為二次世界大戰前，她在法國接觸當地飲食文化所得到的啟發。沒想到風水輪流轉，二次大戰後法國農業愈來愈工業化（巨大超市如家樂福的負面影響），反而需要別人來提醒他們回頭看看自己的傳統。但法國人學得很快，在過去幾年，許多米其林廚師（如亞倫・杜卡斯[Alain Ducasse]）都開始鼓吹有機食材；法國各地也增加了許多現代農夫，用自然、傳統的方式放牧牛羊、種植蔬果了。有機原味哲學，如今已成為二十一世紀的農業之夢了。

柏克萊魔咒

舊金山灣區有兩所名校，一所是前總統柯林頓的女兒捨東岸長春藤而選擇的私立史丹佛大學，而另一所即是公立加州大學系統的柏克萊大學。

我認識的一些台灣人移民美國後，子女唸大學時，如果同時獲得史丹佛及柏克萊的入學許可，在考慮唸哪一所學校時，父母都認為史丹佛學費昂貴，既然兩所大學都很有名，何不選擇柏克萊就讀即可。

這些父母不明白這兩所學校是因為不同的原因而具有聲名的。簡單來說，柏克萊有個比較社會主義的心靈，而史丹佛則是資本主義的肉體；為人父母如果希望子女日後唸MBA，最好不要將孩子送去柏克萊。

我就知道有不少這種選擇失誤的例子。比如一對從小對女兒望女成鳳的父母，一心希望小孩日後賺大錢，結果送女兒去唸柏克萊（當初她也獲得了史丹佛的入學許可）；女兒畢了業後，選擇去蘇聯做志工，父母問她這是為什麼？女兒回答說，這是為了美國贖罪。父母一聽，就對這位在美國出生、從小當美國人養的女兒大聲叫嚷說：「妳又不是真的美國人，妳是台灣人的女兒，去為美國贖什麼罪啊？」

另一位朋友的兒子，唸了柏克萊經濟系。本來母親一心期盼兒子日後進華爾街，替美林、摩根之類大公司工作賺紅利；誰知道兒子畢業後卻不肯找工作，說不想替有錢人打工，反而選擇在一間樂器行工作，憑著他早年母親精心培育的古典鋼琴大獎的資歷教學維生。

到底是怎麼回事？為什麼進了柏克萊之後，孩子都變了，柏克萊的魔咒是什麼？

我是很早很早就聽聞柏克萊的魔咒了。我在大學時，認識三位同班唸建築的男生，畢業後三人申請美國建築名校幾乎都是每申請必中，但三人決定各自選擇不同的學校發展。結果選擇就讀麻省理工學院及哥倫比亞大學的兩位，都不排斥主流建築界，一位後來去做空間設計，一位則去蓋大樓。只有唸了柏克萊建築的這位同學，回台北後，從事工運近二十年。問他為什麼不做建築了？他說，在柏克萊學的都是如何為社區或窮人蓋房子，台灣沒有這種業主，他又不想替有錢人工作，從事工運反而比較接近他在柏克萊所學到的道理。

柏克萊是美國一九六〇年代學運的核心大學。當年有一些在柏克萊唸書的台灣學生，如劉大任等，都成為保釣健將；後來上了台灣黑名單，回不了台灣，卻在美國為社會主義理想奮鬥十幾年後，再度對中共政權失望。台灣學界中，許多從事城市再造運動（如夏鑄九），或女性主義運動（如丁乃非、王蘋），都和柏克萊有淵源。這些人不知是本來就比較左派才選擇柏克萊，還是柏克萊的心靈改革力量實在太大以致。

在我認識的人之中，出身史丹佛則完全是另一個樣子。就如同王文華的

《史丹佛銀色子彈》一書所講述的，唸史丹佛的人，即使出生時沒銜著銀湯匙，卻會希望長大後用金湯匙吃飯。我認識的一些史丹佛畢業回台的人士，就馬上進入美資麥肯錫公司做事，立刻晉身高級白領。

我還認得一位來自中國北京的女性朋友，本來在柏克萊電機系工作，之後被史丹佛電機系挖角。她說，選擇史丹佛是因為薪水較高，而且又可以得到女兒日後就讀該校的保障。但她卻抱怨在史丹佛交不到朋友，假期時仍然和柏克萊的老同事出去露營玩耍；她笑說自己有點人格分裂，喜歡柏克萊的心靈，但卻受史丹佛的肉體所吸引。

史丹佛夢工廠

如果鐵路大王史丹佛先生和夫人（Leland & Jane Stanford）的獨生子，不曾在青少年時就英年早逝的話，也許今天舊金山南灣就沒有著名的史丹佛大學了。

史丹佛大學的建立，起於史丹佛夫人悲痛欲絕的哀傷。為了紀念她的獨子，她決定將大部分的財產（本來可能會留給兒子的），捐出來蓋一所西岸最好的大學，給那些像她兒子一樣年紀的青少年，有一個地方去追求更高的知識和智慧。

當時的西岸是一片文化沙漠，著名的長春藤學府都在東岸，為了把東岸的學術精神帶到西岸，史丹佛夫人曾和設計大學的建築師起了一場建築史上有名的爭論。此即建築師的專業美學對抗出錢業主的夢想——由於建築師對整個大學的構想，是以略帶西班牙式修道院的教區開闊風格為主（修道院一直是基督教世界中最高等知識的重鎮），但史丹佛夫人卻希望在大學正中心蓋一座哈佛式高聳的鐘塔，象徵東岸的學術精神。

建築師大力反對，認為會破壞整體平面設計的均衡美感，但最後當然是業主贏了。奇怪的是，經過一百餘年（大學成立於一八九一年）的時光，這座鐘樓成為史丹佛大學最重要的精神象徵，它也象徵著史丹佛夫人之夢（雖然偶爾還是有人說它醜）。

史丹佛夫人的夢想不是平民的夢。她的獨子出生時，是含著銀湯匙降世的。今天上史丹佛大學的大部分年輕人也多半出身不凡，和以自由學風著稱的柏克萊大學最大的不同點，即在於：柏克萊培養具有平民精神的菁英，而史丹佛則培養具有特權精神的菁英。我有個朋友唸完柏克萊大學建築碩士後，回台灣從事工運；另一個朋友拿到史丹佛大學的MBA後，現在則是一家著名的美國跨國顧問公司駐台的代表。我這兩個朋友在大學時曾是好朋友，如今兩個人卻分別代表極端不同的意識形態，彼此形同陌路。

當美國前總統柯林頓的女兒說要捨東岸名校而到史丹佛大學唸書時，《紐約時報》的社論宣稱：這是東岸政治主流開始向西岸經濟主流靠攏的一個象徵；好像女兒雀兒喜都變成她父親的風信雞似地。但西岸代表美國的未來，而東岸代表著過去，這樣的看法，的確是不少人的共識。我有個朋友在史丹佛的電腦系工作，她帶著我在校園內四下參觀時，還遇到暱稱「華人比爾・蓋茲」的楊振遠。這個仍然未脫青年人稚氣的大男孩，只憑著他和另一同學的夢，在電腦網路上編列搜尋引擎，就成為身價幾十億美金的大富翁，不到一兩年的時光，就賺得王永慶好幾十寒暑的利潤。這不是夢，是什麼？

從史丹佛夫人的夢土到這些青年才俊的夢工廠，我走在大學裡類似修道院般的建築中，想著從前的修道院大學中的修士努力追求精神的財富，許多希臘文、拉丁文的經典都是一代一代的修士翻譯手抄成各國語言，而化學、物理、醫學的知識鑽研，也是靠著這些不計較報酬的修士，才達到一定的成績。但今天的學生們，腦子裡想著什麼呢？在電腦系工作的朋友，是從柏克萊大學轉到史丹佛大學工作的；她一直說她很懷念在柏克萊的時光，因為那裡有一種平等、開放的學習氣氛。但在史丹佛，同學之間和同事之間卻充滿競爭和提防，因為每個人的「Idea」，都有可能是值幾百萬或幾千萬美金以上的商機，哪裡是可以隨便和人討論、交換、分享的！

史丹佛大學裡有一座羅丹花園，花園中矗立著羅丹著名的一些雕塑作品，像「沉思者」、「地獄門」等等。我站在「地獄門」前，想到浮士德為了追求絕對的知識而和魔鬼訂下契約。絕對的知識帶來絕對的權力，也帶來腐化和鬥爭，只有智慧才能避免人類因知識的誤用而走進地獄之門。史丹佛大學內有這個作品真好，提醒接受高等教育的學生如何分辨知識和智慧的分別。只不過，不知道這些成日來往於校園中的未來美國社會的特權菁英，會停在地獄門的雕塑前沉思這樣的問題嗎？對他們來說，我這個遊手好閒的旅人也未免擔心太多了。

乞丐的花樣

舊金山市區的乞丐都非常有個性。他們大部分都分散在聯合廣場四周和金融區一帶，有自己固定的地盤；除了靠過路的觀光客給賞外，他們大都有一批自己的認養人。他們雖然在行乞，但對這份工作並不馬虎，大多會準時上下班，也會準備一些花招討好客人。

在梅西百貨前的乞丐，一看就是個酒鬼，有個大大的酒糟鼻子和渾身的酒味。他擺了一個紙牌，上面寫：「為什麼要騙人，說我不會拿錢去買酒。」夠誠實了吧！你若欣賞這種有話直說的個性，又沒能力送他去戒酒中心，也許你就會丟給他二毛五吧！

在邊界書店前，一位黑人抱著一隻小黑貓，兩者各戴著一大一小的紅帽子，穿著同花色的毛背心，牌子上寫著：「我和我的貓都需要食物。」真不知給錢的人是給貓的多，還是給人的多。

在地鐵站前，一位穿著舊西裝的中年男人頂著牌子，寫著：「我失業了，不管是怪社會或怪我自己，我都需要錢。」給他錢的人不太多，也許大家都不相信他找不到別的工作。

反倒在購物商場門口，擺了個凳子，坐在上面正在讀書的年輕人，竟然還得到不少人贊助。他的牌子上寫著：「沒用的知識分子，付我一點錢，讓我繼續看書吧！我不會危害社會。」真的有不少人給他錢。

一位金髮的中年女人帶了個小孩，衣衫襤褸坐在第五街沙克百貨公司門前，牌子上寫著：「男人都是混蛋！」給錢的都是衣裝光鮮亮麗的職業婦女，正準備進百貨公司採購一套可能上千元的名牌套裝。她這是區隔市場，只賺女人的錢。

在買樂透彩券的商店門口，一位老年人的牌子上寫著：「上帝保佑好心的人，祝你中獎。」這招很管用，臨時抱佛腳，中外皆然。

金融區的銀行門前，往來都是上班人士，看到牌子上寫著：「朝九晚五，我也在上班，跟你們一樣，我厭倦透了。」上班的人會心一笑，為了這個笑，給個一毛錢吧！積沙成塔，希望能夠上一天的飯錢。

帶著漂亮大狗的邋遢中年人，在市政大樓旁的長廊下，擺著牌子：「我的狗比女人忠心，牠不離開我。」會給錢的多半是上班族男人，難道是心有戚戚焉嗎？

我喜歡在城裡看到這些專業的乞丐，他們給予這份「工作」一些尊嚴，他們要的不只是同情心，還要一份共鳴，一種理解，一點幽默。

當你下回到舊金山，經過這些乞丐時，不要只是匆匆避開，或是丟下錢，快步走過。他們並不以自己的身分為恥，為什麼我們反而要替他們不好意思？當他們是街頭的行動藝術家吧；除了「請賞點小錢吧！」，他們還有話要說。

完美的地震

一九八九年六月發生天安門事件，在富瑞斯諾市（Fresno）唸書的台灣女學生來到舊金山，參加柏克萊大學舉行的示威遊行。對國家民族的共同激情，使她和大陸男學生一見鍾情。但當時的狀況實在不適合男女私情，兩人只是在心中暗藏好感，沒說多少話就分手了。

一九八九年十月，這個女學生到柏克萊訪友，原本要在朋友處打擾幾個晚上，但偏偏朋友的家人也從台灣來，地方不夠住，只好將她安排住在附近另一位台灣留學生的住處，因那人去東部訪友，剛好有空房間。

台灣女學生到這個兩小房一客廳的小木屋時，來開門的，卻正是那個數月前短暫相遇的大陸男留學生。真巧，兩個人都這麼覺得，但都沒說什麼。

當天晚上，女學生從朋友處回來已經很晚，但男學生還在小客廳中看書，兩個人相視一笑，仍然陌生，只能隨便交談幾句。而說來說去，還是天安門事件和民運活動等等，一點也不羅曼蒂克。夜更深了，彼此只有互道晚安，各自回房睡去。

一夜安靜無事。但清晨陽光射進屋內，大地慢慢甦醒之際，舊金山八十三年來最大的一場地震卻開始了。一陣激烈的搖動，男學生、女學生都被驚醒。天旋地轉，舊式的小木屋搖得天崩地裂，彷彿馬上就要倒下。女學生奔到男學生的房裡，嚇得大叫：「房子要倒了，房子要倒了！」男學生想起書上學來的避震之道，抓著女學生的手躲進靠牆的厚重衣櫃中，耳中聽著玻璃破裂、花瓶落地聲、樓梯軋軋作響。慢慢地，天地平靜下來，只剩下一點一點緩慢的餘震，兩人如今只聽到躲在壁櫃中彼此的心跳聲和呼吸聲。

兩個仍然有點陌生的人緊緊靠在一起，臉上都是男學生的衣服，真奇怪的處境。男學生望著女學生，突然鼓起勇氣問女學生是否看過張愛玲的《傾城之戀》。女學生點點頭。她反問男學生：「我們這樣像不像一對戀人？」男學生看著她，他們交換眼神和心意，相擁互吻。

這個故事變成他們在婚禮上致詞的高潮。他們婚後選擇在舊金山工作，也在這裡買了房子。他們從不擔心還有什麼大地震要來，畢竟八十多年才一次的大地震，促成他們戀情的成熟，有這麼美好的地震經驗的人畢竟不多。

對於不住在舊金山的人而言，提起舊金山，常常立即浮上心頭的就是大地震。但對於住在這裡的人來說，卻很少有人擔心大地震。畢竟和紐約的治安、佛羅里達的颶風、密西根的冰天雪地比起來，舊金山的大地震發生的機率真是微乎其微。在舊金山流行這樣的說法：死於愛滋病的機率絕對要高過死於地震。

後記　我有奇妙緣分

我是個有很大旅行癮的人；在過去三十多年的光陰中，旅行過六十多個國家，收集了三百多個大城小鎮的記憶，待在異鄉的日子遠多過家門，旅行成為我生命中最蠢動的生理本能。

我常常告訴友人，旅行能使生命變長。只要想想在旅行中的日子，我的五官知覺、感覺、靈覺都變得無比敏銳，從而使得日常生活也變得豐富異常。在回憶中，每一個旅行的日子都彷彿是平日的三倍長。因此，愛旅行的人，也許會少掉許多求取功名利祿的時間，卻也因此擁有了較悠長的歲月。

我在旅行中一直有記隨筆的習慣，但從未想要整理出版。因為旅行於我，最重要的是收集、封存私密的生命記憶。就像釀酒的原料一樣，這些行旅的感懷，需要時間沉澱以進行釀造的過程。我需要在回憶中逐漸累積我對不同城鎮的感覺，再以最私人的方式去呼喚出對於那個地方的獨特情感。

在這個定義之下，舊金山是我第一個將不同的隨筆整理出來的城市。最主要的動力是，我想說出傑夫的故事；這個故事，也是我在舊金山旅館中所寫下的第一篇回憶。奇怪的是，當我寫完傑夫的故事後，我在舊金山多年多次旅遊、住遊中所累積的主要和人有關的記憶，全部像火山爆發般在我心頭、筆下渲洩而出。傑夫像個鬼魅般，帶領許多還活著的舊金山人的故事，藉著我的記憶現身。

這些舊金山人，構成本書最主要的骨幹，也是我和舊金山這個城市最奇妙的緣分所在。

舊金山並不是我待過最久的異地，我曾在倫敦住上四年多。它也不是我最喜歡的城市，我最喜歡的是巴黎。但舊金山卻讓我遇到最多充滿了奇特生命經驗的人們，而更令人驚奇的是，我在世界各國偶遇交往的一些人，後來也和舊金山形成了不同的交集。這些奇妙的、和人有關的緣分，促使我在眾多的城市記憶中，選中舊金山作為我想要出版的第一本旅行故事書。

我在不同的旅館、不同的季節，隨性寫下木書中或長或短的篇章；在隨後的翻閱中，才發現這些和不同的人有關的故事，竟然也反映舊金山不同地區的特質。這些地區涵蓋了舊金山許多富有特色的街坊鄰里，使得人的故事也變成了地區的故事。

世界上能讓地區反映出人的千變萬化的城市並不多，通常要具備一些條件，比如移民要夠多，而且移民居住的地區要夠廣，紐約、巴黎、倫敦都多少符合這樣的條件；另外還要有階級的差異、性別的差異、文化態度的差異等等。在這些區分下，舊金山都剛好能符合這些表現人與地區差異性的條件。

舊金山真是很奇異的地方，住滿了奇特的人們。在一八四八年時（不過距今一百五十多年前），舊金山的人口才只有三百人，之後的淘金熱，把全美國、全世界的人一波又一波地帶到了舊金山。

「淘金熱」以不同形式展現，最重要的本質是追求夢想、追求改變的態度。人們帶著不同的夢想踏上了舊金山：從渴望黃金的人、渴望社會自由的移民、渴望文化自由的嬉皮、渴望性別解放的同志，一直到渴望科技淘金的矽谷人，這些有夢之人，在舊金山不同的地區安頓下來，每個人都帶著自己的生命故事和歷練，成就了今天豐富無比的舊金山生活。

我只是個過客，少則數週，多則數月在舊金山溜達，喜歡收集人們的故事，是個耐心的聽眾，也容易和陌生人在相會的片刻交心。因為這些舊金山人，使這個城鎮對我而言，從一個觀光的城、旅遊的城，變成了靈魂的城，也讓我寫出我的第一本和城市有關的書。

旅人之星34

如果城市也有靈魂——舊金山旅札

作者——韓良露
封面設計——徐璽
版面構成——徐璽設計工作室
總編輯——郭寶秀
特約編輯——沈台訓

發行人——涂玉雲
出版——馬可孛羅文化
台北市信義路二段213號11樓
E-mail:marcopub@cite.com.tw
發行——英屬蓋曼群島商家庭傳媒股份有限公司城邦分公司
台北市中山區民生東路二段141號2樓
客戶服務專線：(02)25007718；25007719
24小時傳真專線：(02)25001990；25001991
讀者服務信箱：service@readingclub.com.tw
劃撥帳號——19863813　戶名：書虫股份有限公司
香港發行所——城邦(香港)出版集團有限公司
香港灣仔軒尼詩道235號3樓
E-mail：citehk@hknet.com

馬新發行所——城邦（馬新）出版集團
Cité (M) Sdn.Bhd.(458372U)
11, Jalan 30D/146, Desa Tasik Sungai Besi,
57000 Kuala Lumpur, Malaysia
E-mail:citeKl@cite.com.tw
製版印刷——中原造像股份有限公司
初版一刷——2006年11月9日
定價——230元

ISBN：978-986-7247-43-8(平裝)
Published by Marco Polo Press, a Division of Cité Publishing Ltd.
Printed In Taiwan

國家圖書館出版品預行編目資料

如果城市也有靈魂：舊金山旅札 / 韓良露著--
初版--臺北市：馬可孛羅文化出版：家
庭傳媒城邦分公司發行，2006（民95）
面；　公分--（旅人之星：34）

ISBN 978-986-7247-43-8(平裝)

855　　95020405